A Returner's Magic Should Be Special

A Returner's Magic Should Be Special

Webtoon
WOOKJAKGA

Œuvre originale
USONAN

3

SOMMAIRE

CHAPITRE 8
CORPS-À-CORPS
(PARTIE 2)

CLIC
CLIC
CLIC
QUELLE STRATÉGIE DE BAS ÉTAGE.
HA HA...
SANS TOI, MON PLAN AURAIT PROBABLEMENT FONCTIONNÉ.
J'AI FAILLI MARCHER, JE TE LE CONCÈDE.
CLIC
CEPENDANT...

J'AI TOUT COMPRIS QUAND J'AI CONSTATÉ QUE TON PARTI ÉTAIT AUX ABONNÉS ABSENTS.
TU FAIS EN SORTE QUE LES AUTRES S'ÉLIMINENT ENTRE EUX, ET AINSI, VOUS VOUS CLASSEZ AUTOMATIQUEMENT TOI ET LES TIENS DANS LE TOP 9.
C'ÉTAIT BIEN TON PLAN, JE ME TROMPE ?
CRII
CRII
C'EST POURQUOI JE ME SUIS CONTENTÉE DE NEUTRALISER LES CANDIDATS RESTANTS AU LIEU DE LES ÉLIMINER.
MAINTENANT, TU PEUX FAIRE UNE CROIX SUR LE TOP 9.
TU N'AS PLUS D'AUTRE CHOIX...
TAP

DOOM
QUE DE NOUS AFFRONTER.

NIARK
CRAC
CRAC
ARF...
CLIC
CLIC
CLIC
TAC
TU PENSES ÊTRE DIGNE DU TITRE DE SINGLE RANKER ?

IL VA FALLOIR ME VAINCRE POUR LE PROUVER !
DÉSIR ARMAN !!
!!
WOUSH
DÉSIR !
TCHAC
DOOM
BON SANG...

BROUM
CRAC
DÉSIR ?
CRAC
MONSIEUR DÉSIR ?!
FWIP
!
SHL
ING

QU'EST-CE QUE TU REGARDES ? TON ADVERSAIRE, C'EST MOI !
NIARK
GNN...
BRR
TAP
PRAM !!

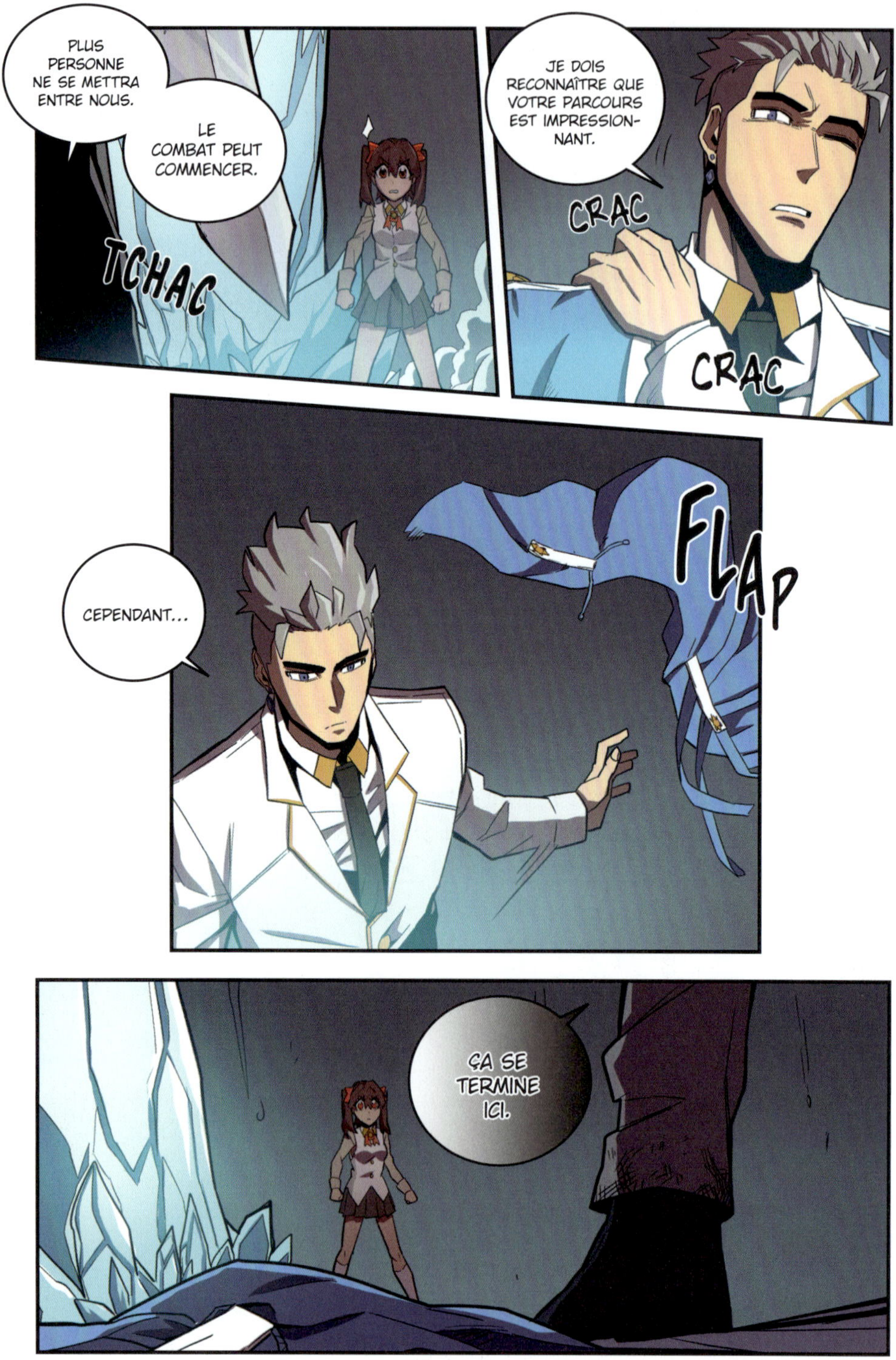
PLUS PERSONNE NE SE METTRA ENTRE NOUS.
LE COMBAT PEUT COMMENCER.
TCHAC
JE DOIS RECONNAÎTRE QUE VOTRE PARCOURS EST IMPRESSION-NANT.
CRAC
CRAC
CEPENDANT...
FLAP
ÇA SE TERMINE ICI.

POUR TON PARTI...
WOUSH
COMME POUR TOI.
CLIC
CLIC
CLANG
CLING
CLANG

CLANG
GNN !
BAM
TU FAIS MOINS LE FIER, HEIN ?
ALORS, ON A ABAN-DONNÉ L'ÉPÉE ESPADON ?
ESSAIE ENCORE DE FAIRE LE MALIN, POUR VOIR !
TU AS FINI DE JACASSER ?
GRRR
QUOI ?!

FOUSH
CRIII
CLAC
CLAC
CLAC
CLAC
CLAC

CLAC
CLAC
CLAC
SWOUSH
BZING
WOUSH
BOING

CLAC
CLAC
CLAC
CLAC
CLAC
CLAC
CLANG
CLANG
CLANG
BZING
CLANG
CLING

CRIIII
?!
COMMENT A-T-IL RÉUSSI À FAIRE ÇA ?!
CLING
CLANG
CLANG
IL BLOQUE TOUTES MES ATTAQUES !
GRRR
WOUSH
IL N'Y A PAS SI LONGTEMPS, IL ARRIVAIT À PEINE À TENIR SON ÉPÉE SANS S'ESSOUFFLER !

PAF
KEUF !
ENFOIRÉ...
SWOUSH
TAC
BANG
COMMENT...
BRR
GNN
BRR
COMMENT AS-TU PU AUTANT PROGRESSER EN SI PEU DE TEMPS...?!
JE NE VOIS PAS EN QUOI ÇA TE REGARDE !
HMPF !

VERMINE DE BÊTA...
HMPF !
GRR...!
QU'EST-CE QU'IL FABRIQUE, CET ABRUTI DE DONETA ?!
TCHAC
WIND STRIKE !
WOUSH

BA
NG
POUR UNE MAGICIENNE DE NIVEAU 2...
TU ES AFFREUSEMENT FAIBLE.
GNN...!

VOUUUUH
DOOM
DOOM

PSCHHH
MES... MES TIRS M'ONT JUSTE UN PEU FATIGUÉE, CRÉTIN !
ÇA CRAINT... JE N'AI PRESQUE PLUS DE MANA...
J'AI MOINS DE CHANCES DE L'EMPORTER DANS UN COMBAT RAPPROCHÉ...
BRR
CRAC
CRAC
ET DONC ?
JE DEVRAIS ME MONTRER CLÉMENT PARCE QUE MADAME EST FATIGUÉE ?

POUF
QU'EST-CE QUE...?
C'EST QUOI CE TRUC ?
DU BROUIL-LARD ?!
BORDEL !
ON DIRAIT L'EFFET D'UNE OPÉRATION INVERSE !
PAF
IL NE PEUT S'AGIR QUE DE...
DÉSIR !
BOUM
BOUM
BOUM
VOUUUUUH
J'Y VOIS TRÈS PEU...

CE QUI SIGNIFIE QU'IL EN EST DE MÊME POUR ELLE...
QU'EST-CE QUE TU COMPTES FAIRE MAINTENANT, ROMANTICA ?
WOUSH
WOUSH
POUF
!!
BZIIIIING
KEUH !
PSCHIII
MA MAIN DROITE...

J'AI DÛ ME FAIRE DÉTECTER !
VOUH
TCHIC
YA !
WOU
SH
ELLE S'EST SERVIE DU VENT POUR ME REPÉRER...
VERMINES DE MAGICIENS...
SWIISH

FFT
EN SE DISSIMULANT DANS LE BROUILLARD…
ELLE ÉCHAPPE À UN FACE-À-FACE AVEC UN ÉPÉISTE.
CRAC
C'EST MINABLE.
TAP
TAP
TAP
LE BROUILLARD S'EST DISSIPÉ AU PARFAIT MOMENT !
TAP
JE DOIS RÉUSSIR À LUI RÉGLER SON COMPTE SANS QU'IL NE ME TROUVE…
TAP
TAP
FFFT
DÉTECTION…
BZZZ

HEIN ?!
UNE RÉACTION MAGIQUE ?!
BZZ
BZZ
VOUUU UUH
LE BROUILLARD, IL...
FWIII
SB
AM
ARGH !!
WOUP
KYA !
WOUP
HI !
TCHAC
YA !
Hein ?
T'ES SÉRIEUSE ?
C'EST POURRI COMME RÉACTION...

BLING
FFT
TON COLLIER...
CLI NG
FFT
IL S'AGIT D'UNE ARME MAGIQUE ?
JE T'AVAIS PRÉVENU QUE TU REGRETTERAIS TON REFUS.
CLING
DE TOUTE FAÇON...
IL NE T'IRAIT PAS, UNE ROTURIÈRE N'A PAS ASSEZ D'ALLURE.
PARDON ?
ROTURIERS, ROTURIÈRES ! TU N'AS QUE CES MOTS À LA BOUCHE !
JE NE VOIS PAS CE QUI TE DIFFÉRENCIE DE NOUS !
NOBLE OU ROTURIER, ÇA NE CHANGE RIEN ! NOUS ÉTUDIONS DANS LA MÊME ACADÉMIE !
TSING
ÇA NE CHANGE RIEN ?

OUI ! NOUS SOMMES TOUS DEUX DES ÉTUDIANTS !
RAWR
TOUT COMME NOUS SOMMES TOUS DEUX DES ÊTRES HUMAINS ! TU AURAS BEAU ESSAYER DE DIVISER LES GENS EN PLUSIEURS CATÉGORIES, ÇA, TU N'Y CHANGERAS RIEN !
TU PRÉTENDS QUE NOUS SOMMES ÉGAUX ?
TOI ET MOI ?
OUI ! POURQUOI TU SERAIS MIEUX QUE TOUT LE MONDE, HEIN ?
MÊME SI JE SUIS DE BASSE EXTRAC-TION, JE SUIS BIEN PLACÉE POUR LE SAVOIR...
PUISQUE J'AI AUSSI CONNU LA VIE DE NOBLE !
DANS LE FOND, ÇA NE FAIT AUCUNE DIFFÉRENCE !
AUCUNE DIFFÉRENCE...
PAF
HA HA... TU OSES PROCLAMER QUE NOUS SOMMES PAREILS ?
FOUTAISES.
CE N'EST PAS À QUELQU'UN COMME TOI D'EN JUGER.
TSING
C'EST MOI QUI DÉCIDE.

TOUT SE JOUE DÈS LA NAISSANCE !
LE RANG SOCIAL, LES APTITUDES, LE TALENT...
LA RICHESSE ET LA RENOMMÉE ! NOUS SOMMES SUPÉRIEURS EN TOUT POINT !
WOUSH
ALORS UNE VERMINE DE TON ESPÈCE...
N'A AUCUN DROIT DE SE PROCLAMER ÉGALE À NOUS.

EST-CE SON ORGUEIL QUI PARLE ?
STOP
NON, C'EST AUTRE CHOSE...
DONETA.
FFT
MON FILS.
QU'EST-CE QUI LE REND AUSSI VINDICATIF ?
JE NE SUIS QUE RANCŒUR.
OUI, TON PÈRE N'EST QUE HAINE ET AMERTUME...
VENGE-MOI.
VENGE TON PÈRE !

COMMENT OSENT-ILS SE DÉCLARER ÉGAUX À NOUS AUTRES NOBLES, QUI SOMMES L'HONORABILITÉ-MÊME ?
MONTRE-TOI IMPITOYABLE AVEC CETTE FILLE ET TOUS LES AUTRES ROTURIERS...
TOI, MON UNIQUE FILS...
N'OUBLIE JAMAIS QUE LES ROTURIERS SONT NOS ENNEMIS.

SI TU NE VEUX PAS SUBIR LE MÊME SORT QUE MOI...
TU DOIS TOUS LES ÉRADIQUER À LA RACINE !

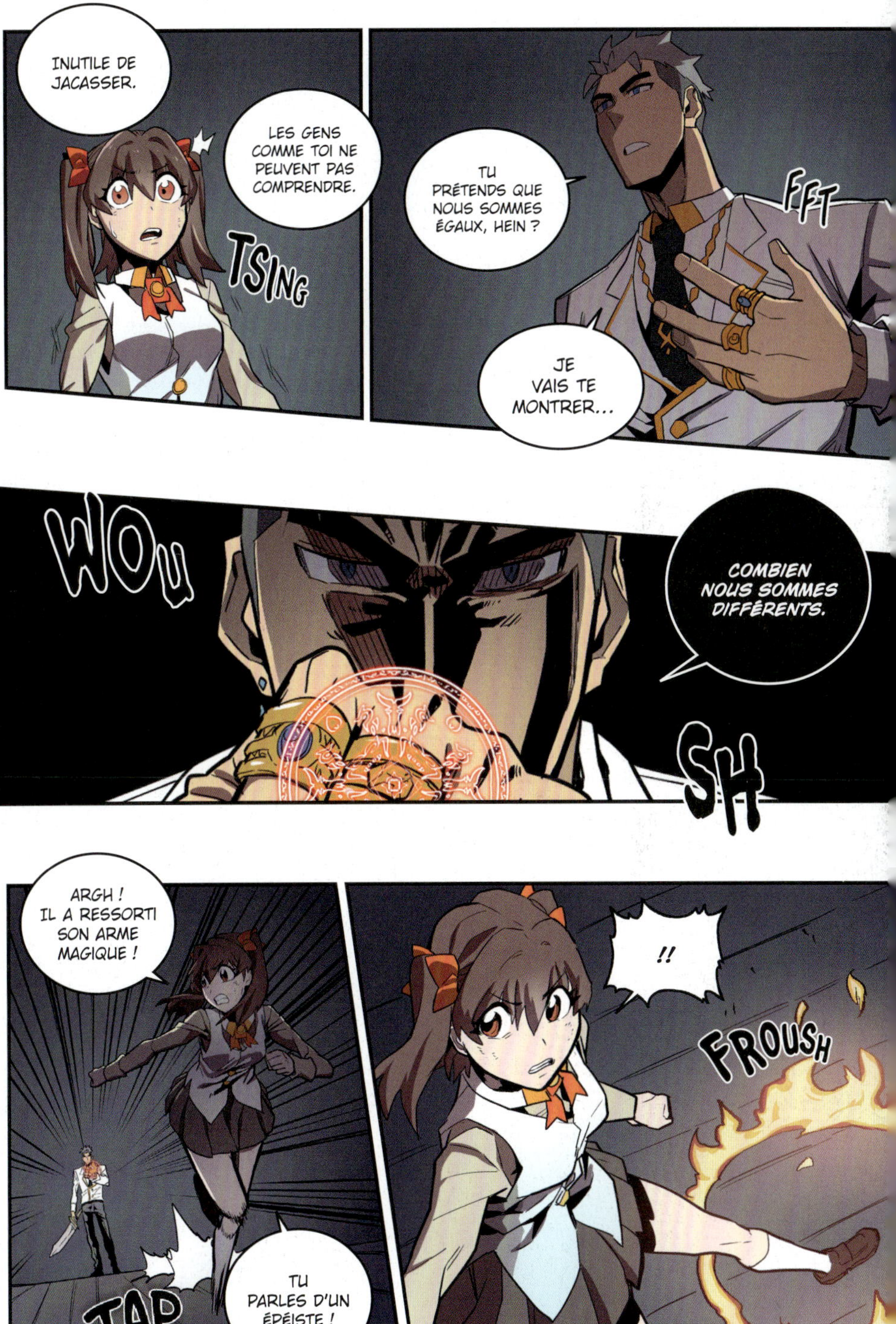
INUTILE DE JACASSER.
LES GENS COMME TOI NE PEUVENT PAS COMPRENDRE.
TSING
TU PRÉTENDS QUE NOUS SOMMES ÉGAUX, HEIN ?
FFT
JE VAIS TE MONTRER…
WOU
COMBIEN NOUS SOMMES DIFFÉRENTS.
SH
ARGH ! IL A RESSORTI SON ARME MAGIQUE !
TAP
TU PARLES D'UN ÉPÉISTE !
!!
FROUSH

WIND...
JE VAIS TE PULVÉRISER...
WOUSH
BZZZ
BRAOUM
BANG
QU'EST-CE QUE C'EST ?!
QUE...
PSCH!!!!
!!

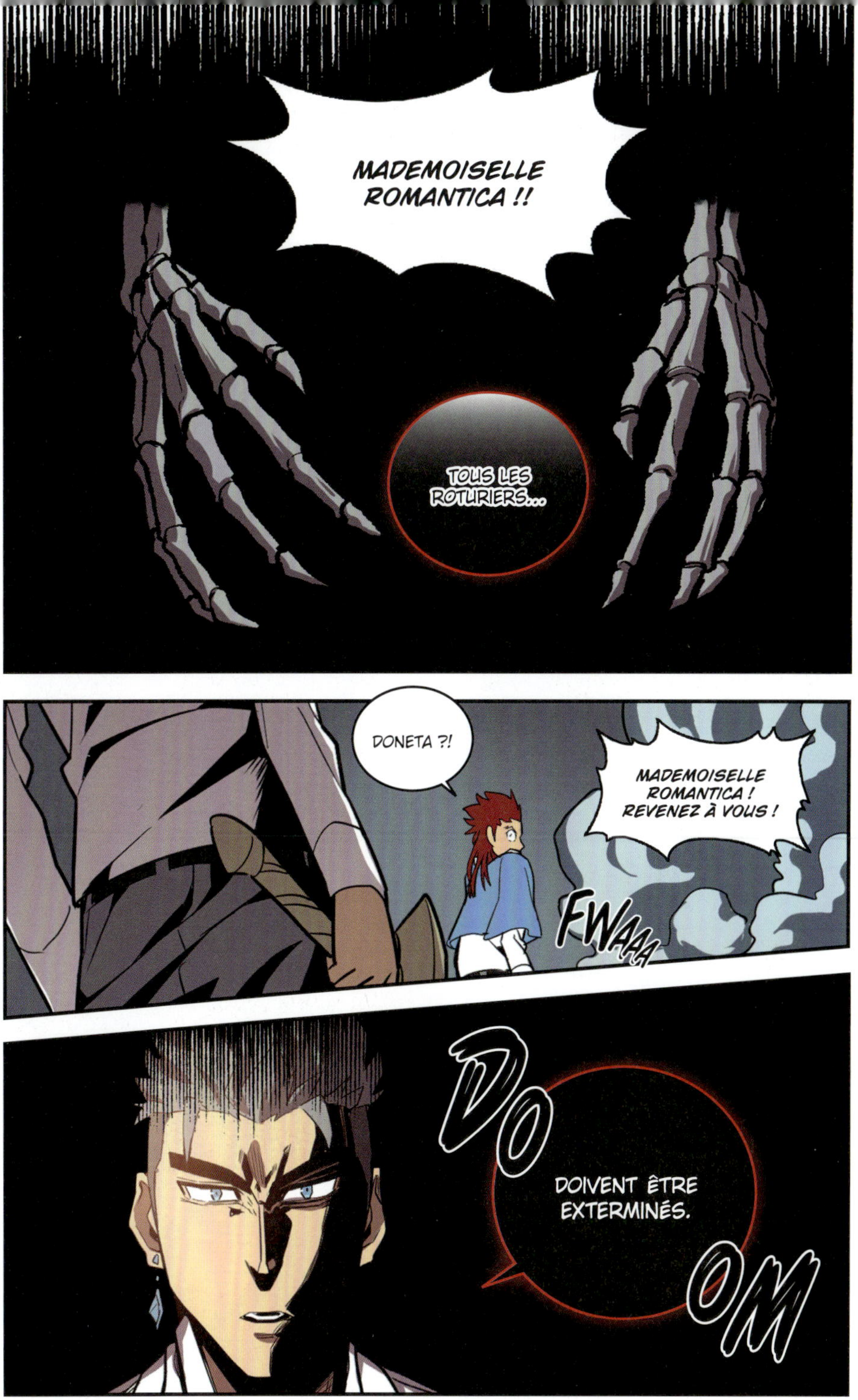
MADEMOISELLE ROMANTICA !!
TOUS LES ROTURIERS...
DONETA ?!
MADEMOISELLE ROMANTICA ! REVENEZ À VOUS !
FWAAA
DOOOM
DOIVENT ÊTRE EXTERMINÉS.

FWAAAA
MADEMOISELLE ROMANTICA !!
VOUS ALLEZ BIEN ?
KEUF !
OU... OUI, ÇA VA.
PRAM, AIDE-MOI À ME RELEVER.
ARGH
FAITES ATTENTION.
À QUELQUES SECONDES DE L'EXPLOSION...
SI JE N'AVAIS PAS NEUTRALISÉ LE CHOC GRÂCE À LA MAGIE, ALORS...
FROT
C'ÉTAIT PROBABLEMENT LA FIN POUR MOI.
PERCIVAL.
OUI ?

TU PEUX FAIRE UNE PAUSE, JE ME CHARGE DE CES DEUX-LÀ.
HEIN ?
QUE... HÉ !
WOUSH
IL ARRIVE.
PRAM, COUVRE-MOI.
TCHAC
TAP
J'AI BESOIN D'UN PEU DE TEMPS POUR RESTAURER MON MANA !
BZZZ

BZIIING
BZZ
BZZ
PRAM !!
BRAOUM
VOUH
ET MAINTE-NANT...
IL EST SUPER RAPIDE !!

DISPARAIS !
WING
DONETA !
ESPÈCE D'ABRUTI !
?!

SHL
AK
KEUH !
BOUM
FWIP
WOUSH
TAC
CRIII
WOUP
TAC

VERMINE DE ROTURIER !
PLIC
PLOC
PLIC
TOI ET TES SEMBLABLES... VOUS ÊTES TOUS LES MÊMES !
GRRR
QU'EST-CE QUE TU FICHES ? JE T'AVAIS DIT QUE PRAM ÉTAIT À MOI !
SI TU TIENS TANT À LES AFFRONTER, ON PEUT FAIRE ÉQUIPE...
LA FERME.

CE NE SONT QUE DEUX MISÉRABLES ROTURIERS.
JE N'AI PAS BESOIN DE TON AIDE.
IL EST TARÉ...
PRAM, ÇA VA ?!
OUI, JE VAIS BIEN !
CRI...
TCHAC
LE GRAND...
SON CHAMP VISUEL ÉTAIT ANORMALEMENT RESTREINT.

IL N'A MÊME PAS PRIS LA PEINE DE SURVEILLER LES ALENTOURS...
ET S'EST JETÉ SUR VOUS IMMÉDIATEMENT.
AU MOINS, ÇA M'A PERMIS DE L'ATTAQUER PAR SURPRISE.
COMMENT FAIRE ? SANS MANA, JE N'AI AUCUNE CHANCE DE GAGNER.
EN L'ÉTAT, JE NE SERAI QU'UN POIDS POUR PRAM...
PRAM !
TU PENSES POUVOIR ATTIRER LE TYPE AUX CHEVEUX POINTUS AILLEURS ?
!
OUI, PROBABLEMENT. MAIS POUR-QUOI...?
DONETA EST MON ADVERSAIRE.
C'EST À MOI DE M'EN OCCUPER.
GW
AK

ET ÇA VAUT ÉGALEMENT MIEUX POUR TOI.
BRR
BRR
DITES...
VOUS DEVRIEZ PRENDRE UN AIR PLUS ASSURÉ...
FWIP
PARCE QUE LÀ, VOUS MANQUEZ DE CONVICTION.
BRR
VOUS DITES ÇA PARCE QUE...
VOUS NE VOULEZ PAS ÊTRE UN FARDEAU POUR MOI, N'EST-CE PAS ?
SOYEZ SANS CRAINTE.
L'AURIEZ-VOUS DÉJÀ OUBLIÉ ?
QUOI ?

MONSIEUR DÉSIR SE BAT À NOS CÔTÉS.
NE T'EN FAIS PAS. TU T'EN ES TRÈS BIEN SORTI JUSQU'À PRÉSENT.
ET SI JAMAIS LA SITUATION DÉGÉNÈRE...

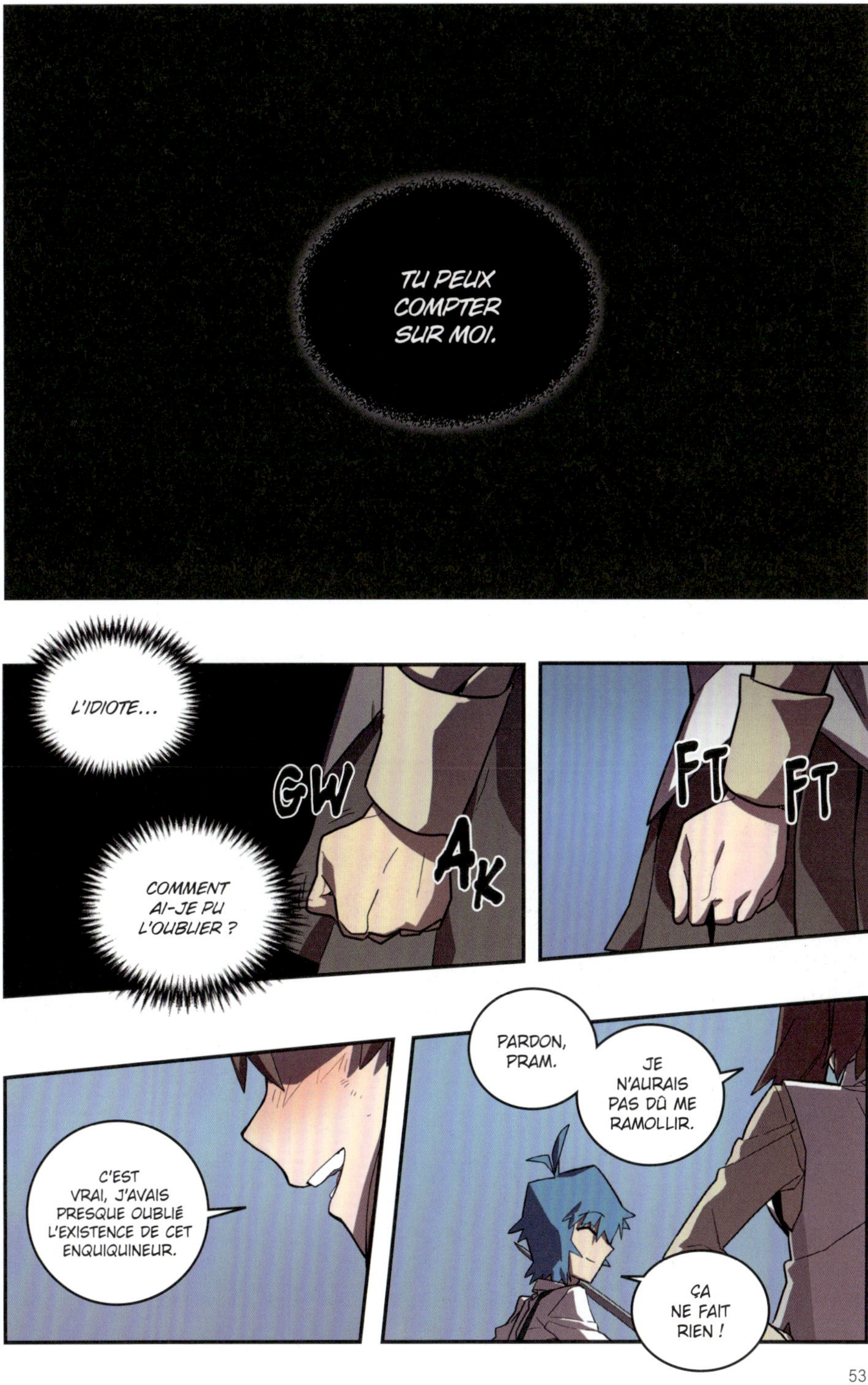
TU PEUX COMPTER SUR MOI.
L'IDIOTE...
GWAK
COMMENT AI-JE PU L'OUBLIER ?
FT FT
C'EST VRAI, J'AVAIS PRESQUE OUBLIÉ L'EXISTENCE DE CET ENQUIQUINEUR.
PARDON, PRAM.
JE N'AURAIS PAS DÛ ME RAMOLLIR.
ÇA NE FAIT RIEN !

ET MAINTE-NANT...
ALLONS-Y !
OUI !
TCH
AC

FWAAAAA

FWAAAAA

WOUSH
DOOM
TAC
RELÈVE-TOI.
TU N'ES PAS HOMME À TE LAISSER TERRASSER SI FACILEMENT.
...

TAP TAP
STONE BREAK !
!!
BRAOUM

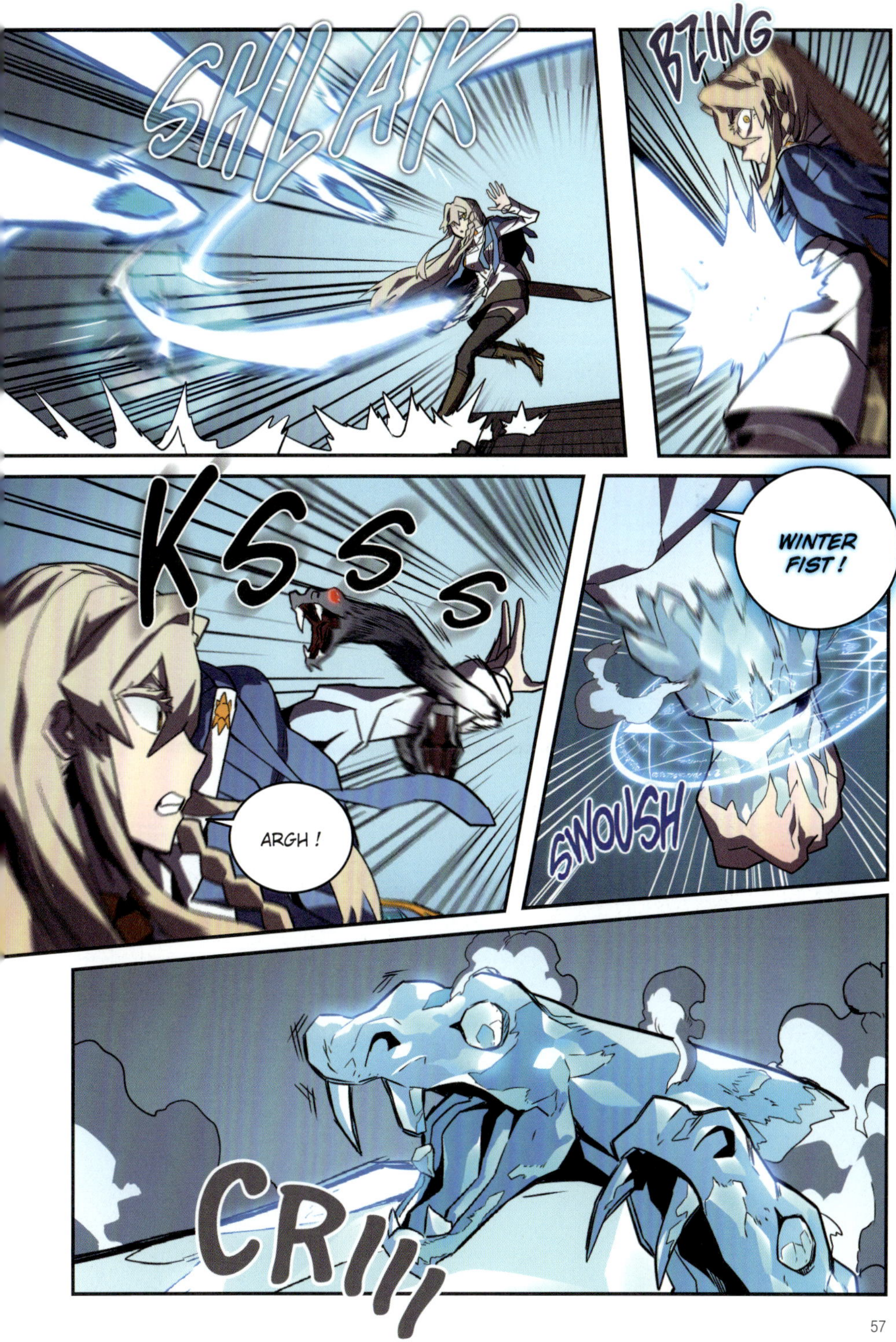
SHLAK
BZING
KSSSS
ARGH !
WINTER FIST !
SWOUSH
CRIII

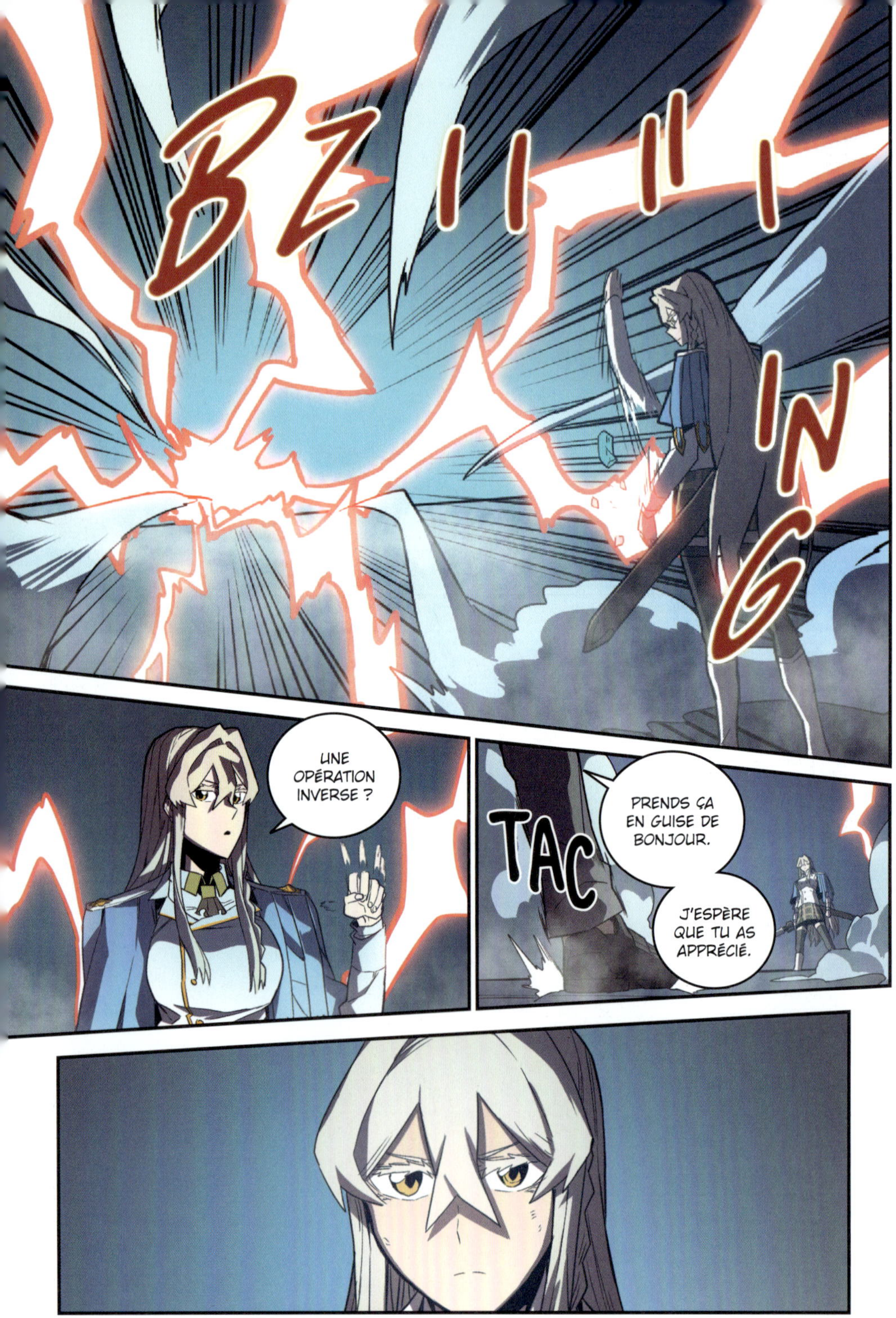
BZIIIIIING
UNE OPÉRATION INVERSE ?
TAC
PRENDS ÇA EN GUISE DE BONJOUR.
J'ESPÈRE QUE TU AS APPRÉCIÉ.

MAINTENANT, LES CHOSES SÉRIEUSES PEUVENT COMMENCER.
BZZ
BZZ

CRAAAAC
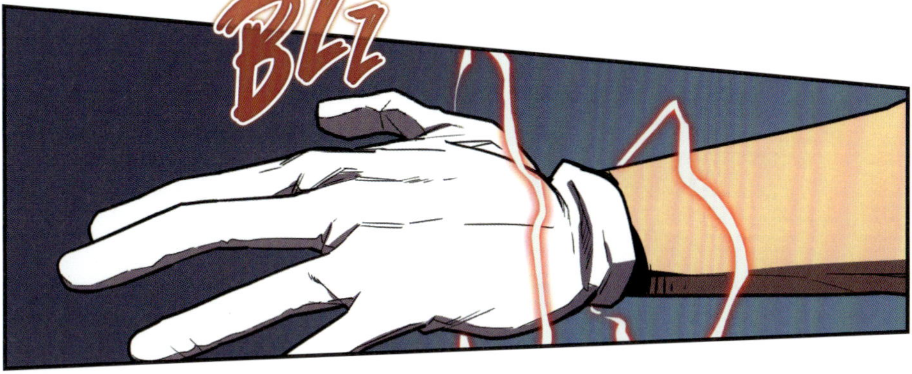
BZZ

SHLAK

TADADADADAP
BZZ
BZZ
BZZ
TAC
BZIIIING
!!
UNE OPÉRATION INVERSE…
MAIS MÊME LES MEILLEURES ANALYSES ONT LEURS LIMITES.

TAC
HÉ HÉ
SWOUSH
WINTER CRASH !
FWAAA

BRAOUM
BZZ
GRR ! COMMENT AS-TU...?
FROUSH
TAP
ARGH ! BON SANG !

FROUUUUSH
AJEST…
TU ES VRAIMENT INCROYABLE.
FWAAAAAAA

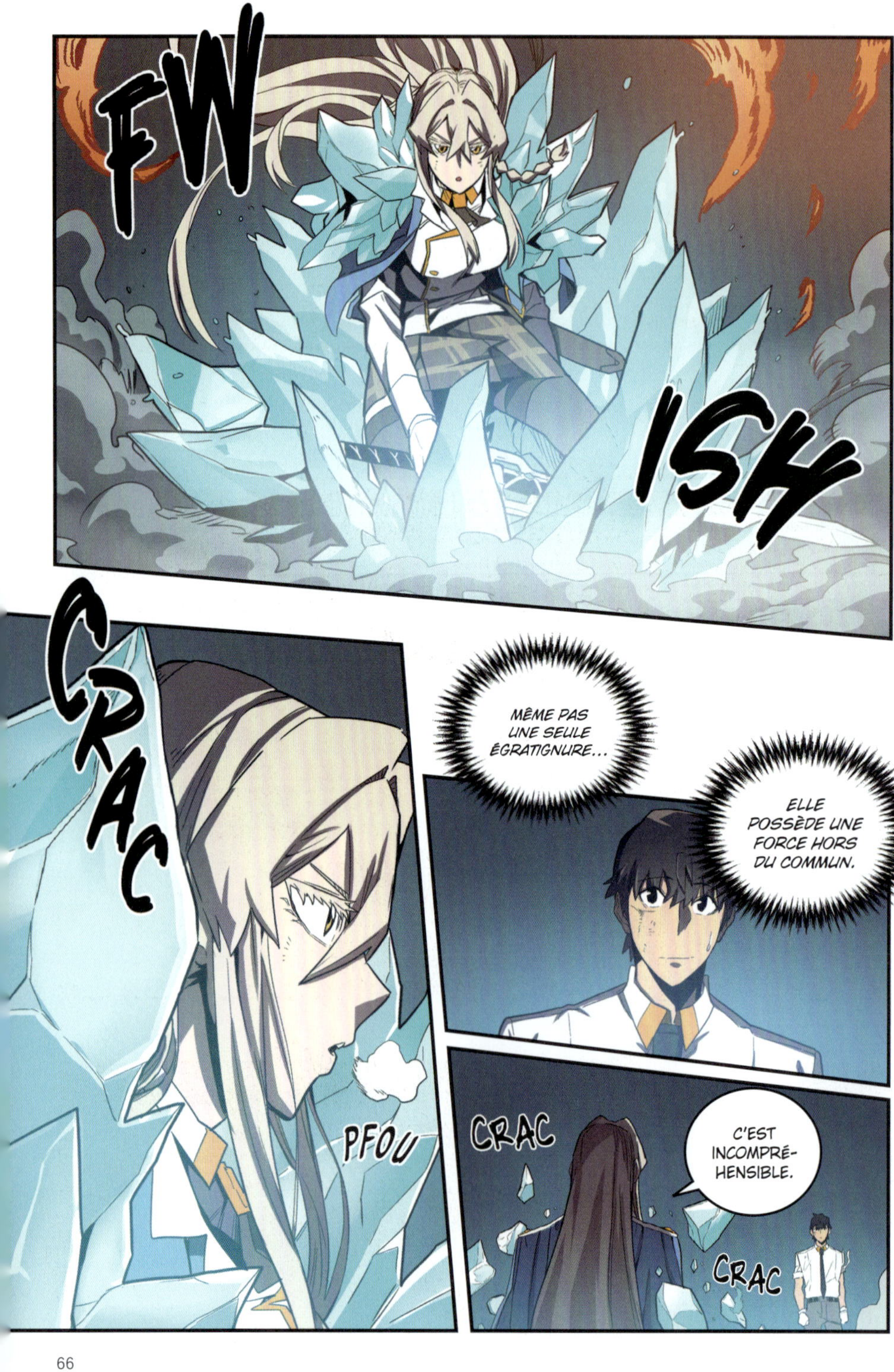
FW
ISH
CRAC
PFOU
MÊME PAS UNE SEULE ÉGRATIGNURE…
ELLE POSSÈDE UNE FORCE HORS DU COMMUN.
CRAC
C'EST INCOMPRÉ-HENSIBLE.
CRAC

QUE CE SOIT MON MANA, LA VITESSE DE MES SORTS OU MON HABILETÉ AU COMBAT…
JE TE SURPASSE EN TOUT.
ALORS POURQUOI JE N'ARRIVE PAS À TE BATTRE ?
NE SOIS PAS SI GRINCHEUSE.
LE COMBAT VIENT TOUT JUSTE DE COMMENCER.
JE SUIS POURTANT PLUS FORTE QUE LUI SUR TOUS LES PLANS…
OU PEUT-ÊTRE PAS.
IL POSSÈDE UNE CHOSE QUE JE N'AIE PAS…
BIEN QUE ÇA ME TUE DE L'ADMETTRE…
GWAK
C'EST LA DIFFÉRENCE FONDAMENTALE QUI EXISTE ENTRE NOUS.

IL A INFINIMENT PLUS D'EXPÉRIENCE QUE MOI.
PFIOUH...
SI JE NE PEUX PAS TE BATTRE AVEC LA MAGIE...
ALORS JE N'AI PAS D'AUTRE CHOIX.
GWAK

TCH
JE T'AFFRONTERAI AU CORPS-À-CORPS.
AC
JE N'EN ATTENDAIS PAS MOINS DE TOI.
COMME UNE LUGE SUR LA GLACE...
TA FORCE N'EN FINIT JAMAIS DE GLISSER.
BZZZ
GREASE !

TRÊVE DE BAVARDAGE ! FINISSONS-EN !
TAC
AH-!
BALANCE !
FFT
STRENGTH !

CLANG

TU AS BLOQUÉ MON ATTAQUE ?!
UN PROBLÈME ?
QUOI, TU PENSAIS QU'UN MAGICIEN ÉTAIT FORCÉMENT UN MÉDIOCRE ÉPÉISTE ?
KSI IING
IL A UN TOUJOURS UNE LONGUEUR D'AVANCE SUR MOI...
GRRR

YA !!
BANG
KEUH !
BOUM
JE SUIS SURPRISE QUE TU AIES PRÉVU AUTANT DE PARADES DIF-FÉRENTES...
POUR TOUT TE DIRE, JE N'AI GAGNÉ GUÈRE PLUS DE CINQ MINUTES.
BON SANG...

POURQUOI ?!
QU'IL AIT PLUS D'EXPÉRIENCE OU NON...
POURQUOI SUIS-JE INCAPABLE DE LE VAINCRE ? JE SUIS TOUT DE MÊME UN CHEVALIER MAGIQUE !

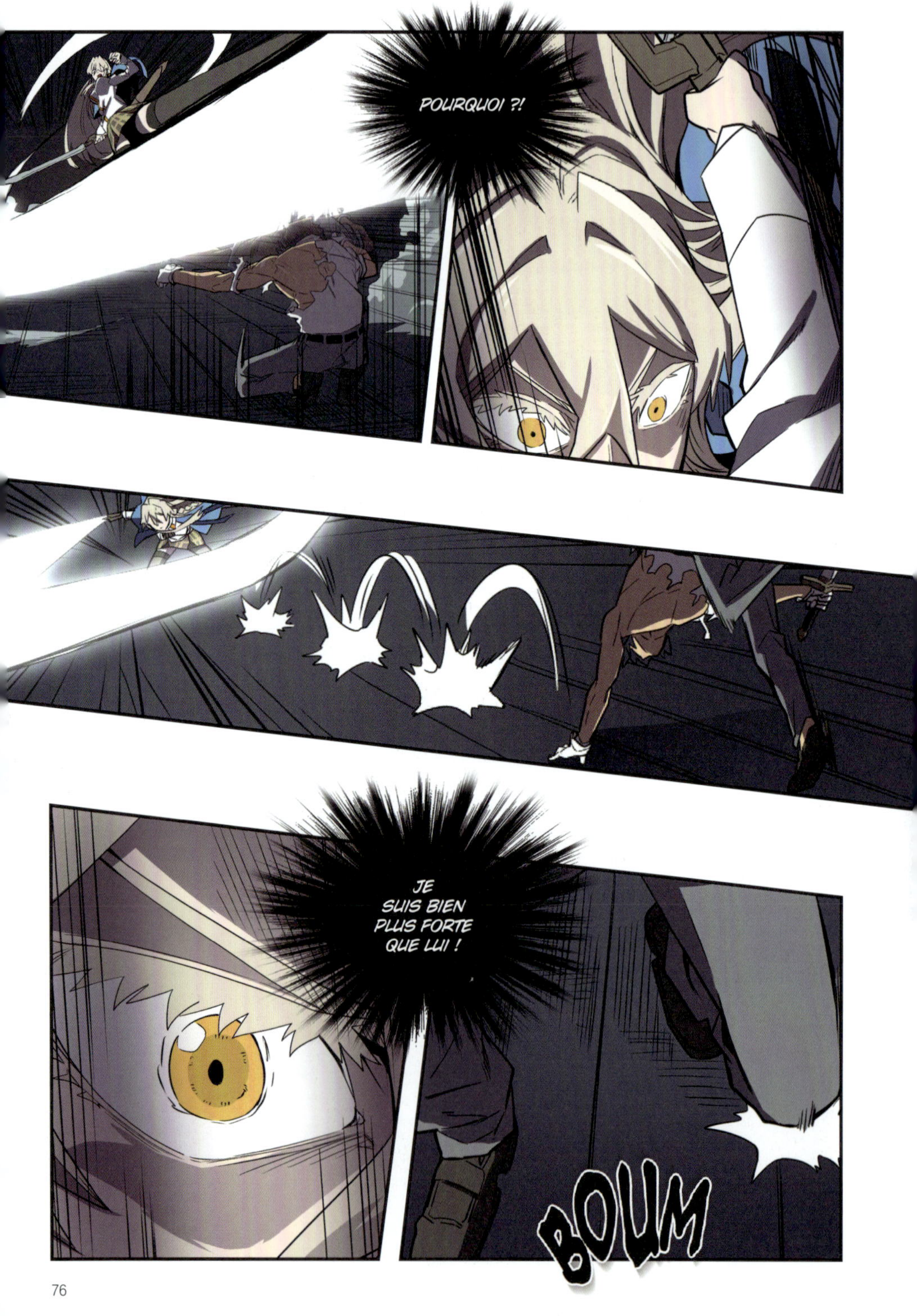
POURQUOI ?!
JE SUIS BIEN PLUS FORTE QUE LUI !
BOUM

DO
QU'EST-CE QUI M'EMPÊCHE DE GAGNER ?!
OM
AU MOINS, TU T'AMUSES BIEN, AJEST.
TU N'ES PAS D'ACCORD ?
MOI...
JE M'AMUSE ?
C'EST ÉVIDENT. DE TOUS LES ADVERSAIRES QUE TU AS AFF-RONTÉS...
JE SUIS LE PREMIER À TE TENIR TÊTE.
FWIP
UNE GUERRIÈRE QUI DÉTESTE PERDRE.

C'EST CE QUE TU ES.
TU VEUX ME BATTRE, N'EST-CE PAS ?
DE TOUTES TES FORCES, TU VEUX QUE JE M'INCLINE FACE À TOI.
TU AS PASSÉ TOUTES CES ANNÉES À T'ENNUYER PROFONDÉMENT...
CAR PAS UN SEUL ADVERSAIRE NE T'ARRIVAIT À LA CHEVILLE.

JE NE SAIS PAS SI JE M'AMUSE...
MAIS JE L'ADMETS.
JE VEUX TE VAINCRE.
QU'EST-CE QUE CELA PEUT BIEN TE FAIRE ?
FFT
VOIS-TU...
J'AI BIEN L'INTENTION DE ME MESURER À TON FAROUCHE ESPRIT DE COMPÉTITION.
JE NE RECULERAI DEVANT RIEN.
TCH
AC

JE VOIS...
PARFAIT.
COMME TU L'AS SI BIEN DIT TOI-MÊME...
SWOUSH
JE VAIS TOUT DONNER POUR TE FAIRE PLOYER.
FROZEN THRONE !

A Returner's Magic Should Be Special

C'EST VRAIMENT SI REDOUTABLE QUE ÇA, UN CHEVALIER MAGIQUE ?
BROUHAHA
QUOI ?
HUM...
J'AI DIT QUELQUE CHOSE DE BIZARRE ?
TU ES SÉRIEUX...?
TU NE SAIS PAS CE QU'EST UN CHEVALIER MAGIQUE ?
EUH... SI, BIEN SÛR...
SIMPLEMENT, J'AI DU MAL À COMPRENDRE...
QU'Y A-T-IL DE SI SPÉCIAL À UTILISER UNE ÉPÉE AVEC DE LA MAGIE ?

LAISSE-MOI T'EXPLIQUER.
J'IMAGINE QUE POUR LA PLUPART DES GENS...
FWIP
ÇA NE FAIT PAS UNE GROSSE DIFFÉRENCE.
MAIS IL NE S'AGIT PAS SIMPLEMENT D'UTILISER LES DEUX SIMULTANÉMENT.
PAR EXEMPLE...
DISONS QU'IL EXISTE DEUX TYPES DE PERSONNES DANS LE MONDE.
CEUX QUI PEUVENT MARCHER ET CEUX QUI PEUVENT COURIR.

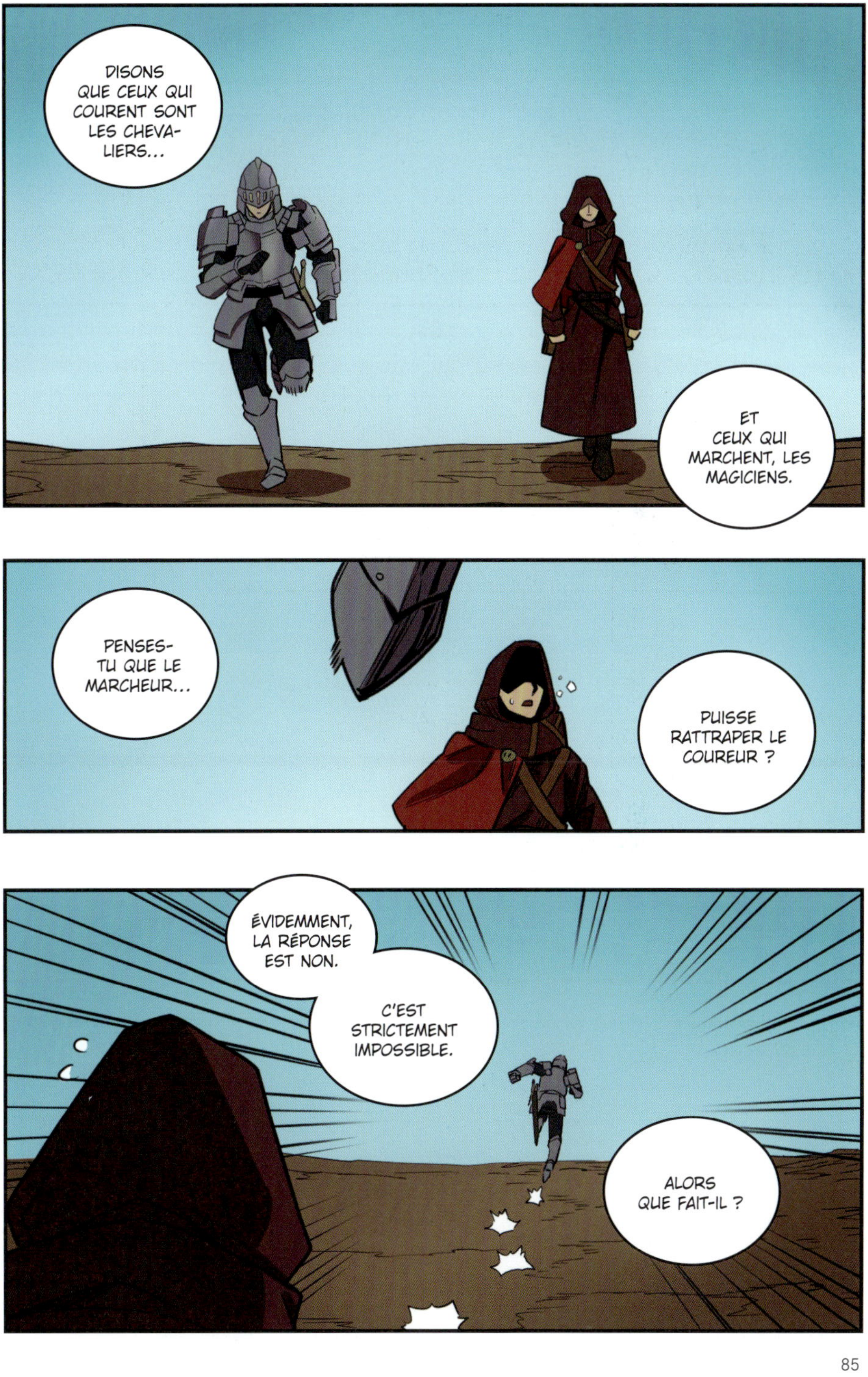
DISONS QUE CEUX QUI COURENT SONT LES CHEVALIERS…
ET CEUX QUI MARCHENT, LES MAGICIENS.
PENSES-TU QUE LE MARCHEUR…
PUISSE RATTRAPER LE COUREUR ?
ÉVIDEMMENT, LA RÉPONSE EST NON.
C'EST STRICTEMENT IMPOSSIBLE.
ALORS QUE FAIT-IL ?

IL UTILISE LA MAGIE POUR COMBLER L'ÉCART.
IL RATTRAPE LE COUREUR À L'AIDE DE TOUTES SORTES DE SORTS.
VOILÀ COMMENT LE MAGICIEN SURMONTE SES LACUNES.
CEPENDANT...
IMAGINE QUE LE CHEVALIER SOIT CAPABLE DE SE SERVIR DE LA MAGIE.
QUE SE PASSE-T-IL SI LE COUREUR COURT ENCORE PLUS VITE ?
L'ÉCART SE CREUSE DE PLUS BELLE...

C'EST EXACT.
LE MARCHEUR...
NE FERA QUE MARCHER UN PEU PLUS VITE, AU MIEUX.
ALORS QUE SI LE COUREUR UTILISE LA MAGIE...
POUR COURIR ENCORE PLUS VITE...

IL SERA DÉFINITIVEMENT HORS D'ATTEINTE.
C'EST CE QUI FAIT LA LIMITE DU MAGICIEN...
ET LA SUPÉRIORITÉ DU CHEVALIER MAGIQUE.
JE VOIS.
WAHOU
C'EST DONC ÇA, UN CHEVALIER MAGIQUE.
WAHOU

A Returner's Magic Should Be Special

PFOU
TOUT CE QUI SE TROUVE AUX ALENTOURS…
CRAAAAC
TOUTE CHOSE…
MÊME L'AIR… TOUT EST EN TRAIN DE GELER.

CET ESPACE RÉDUIT QU'AJEST A CRÉÉ…
LUI DONNE LE CHAMP LIBRE POUR JETER AUTANT DE SORTS QU'ELLE LE SOUHAITE.
C'EST UNE TECHNIQUE DONT ELLE SE SERVIRA SOUVENT DANS LE FUTUR.
ELLE L'UTILISAIT TOUT LE TEMPS POUR SE SORTIR DE SITUATIONS PÉRILLEUSES.
ELLE S'EST CRÉÉE SON PROPRE UNIVERS AUTOUR DE CE TRÔNE DE GLACE.

DOOM

FROZEN PALACE, LE PALAIS DE GLACE !
DOOOM

HEAT SKIN !
EH BAH, TU AS SORTI TA CARTE MAÎTRESSE...
AJEST.
PFOU
SI ELLE RÉUSSIT À CONSTRUIRE CETTE ZONE DE MAGIE CORRECTEMENT...
ELLE POURRA LANCER DES CENTAINES DE SORTS ET OPÉRATIONS INVERSES SIMULTANÉMENT.
CRIII
CRIII
AJEST, TU AS BEAU FAIRE DES PROUESSES...
IL T'EN FAUDRA PLUS POUR ME BATTRE.

CRAC
ARGH !
TCHAC
CRR
?!
RR...
LE SOL, IL...
CRAAAC

BZZZ
ELLE M'A IMMOBILISÉ PUIS EN A PROFITÉ POUR ATTAQUER...
WOUSH
BRAOUUUM
BZING
BZING

BZING
ENCORE UNE OPÉRATION INVERSE…
BZING
COMMENT FAIT-IL POUR DÉPLOYER AUTANT DE MAGIE EN UN RIEN DE TEMPS ?
QUE DOIS-JE FAIRE DE PLUS POUR LE VAINCRE ?
JE NE LUI AI POURTANT PAS LAISSÉ UN INSTANT DE RÉPIT…
FWIT
JE N'AI PAS ARRÊTÉ DE LE MITRAILLER DE SORTS…
BZZZ
BZZZ
HMM… AUGMENTER LE NOMBRE D'ATTAQUES N'EST PAS LA SOLUTION.
BZIIING

J'AI BEAU LANCER DES SORTS À UNE VITESSE PHÉNOMÉNALE...
IL PARVIENT À LES NEUTRALISER EN UN CLIN D'ŒIL.
EXISTE-T-IL SEULEMENT UN SORT QU'IL NE SAURAIT PAS CONTRECARRER ?
QUE DOIS-JE FAIRE POUR LE VAINCRE ?
QU'EST-CE QUI LUI FAIT DÉFAUT ?
SES QUALITÉS D'ÉPÉISTE.

OUI, JE DOIS CHERCHER DE CE CÔTÉ-LÀ.
UNE MAGIE QU'IL NE POURRAIT CONTRER...
WOUSH
OUI, RÉFLÉCHIS BIEN.
FFT
TU PEUX FAIRE ENCORE MIEUX QUE ÇA AJEST.

ARGH !
VO
UH
QU'EST-CE QUE C'EST...?
SWOUSH
CE N'EST PAS DE LA MAGIE ?
?!
KZ
II
ING
IL SUFFISAIT DE CHANGER MA FAÇON D'UTILISER LA MAGIE...
EN IMPRÉGNANT MON ÉPÉE DE CETTE DERNIÈRE...

JE
COMBINE
LES DEUX
EN UN !

BRAOUUUM
CRAC
CRAC
CLIC
CLIC
CLIC
BZING
BZING
BZING
BZING

PSCHIIII
BZING
C'EST INCROYABLE.
C'EST VRAI QUE JUSQU'À PRÉSENT...
J'AI TOUT FAIT POUR STIMULER AJEST ET ACCÉLÉRER SA PROGRESSION...
MAIS ELLE A SURPASSÉ TOUTES MES ATTENTES.
JE NE PENSAIS PAS QU'ELLE PROGRESSERAIT AUTANT EN SI PEU DE TEMPS !

MAGIBLADE !
C'EST LE MODE D'ATTAQUE ULTIME QU'UN CHEVALIER MAGIQUE PEUT ATTEINDRE.
NORMALEMENT, ÇA AURAIT DÛ LUI PRENDRE DIX ANS POUR PARVENIR À MAÎTRISER CETTE TECHNIQUE.
ET ELLE Y EST DÉJÀ PARVENUE PAR ELLE-MÊME...

AJEST, TU ES EXTRAORDINAIRE…
TAP
BRAOUM
!!
BRAOUM
BOUM
JE VOIS.
INVOQUER L'ÉPÉE MAGIQUE LUI A DEMANDÉ DE CONCENTRER ÉNORMÉMENT DE MANA.
BOUM
BOUM
PAR CONSÉQUENT, ELLE NE VA PAS POUVOIR MAINTENIR SON PALAIS DE GLACE ENCORE TRÈS LONGTEMPS.

MAGIBLADE !
ICE WAVE !
FFT
MAINTENANT, C'EST TERMINÉ POUR MOI…
ARF…

FWIT

PSCHII
FWAAAA
LA VICTOIRE EST À MOI, DÉS…
?!
BZIIING
HÉ HÉ
BZIIING

BR
RR
SWO
C'EST IMPOSSIBLE !!
USH
KZ
NG

BRAOUUUM
PRAM, TU VAS BIEN ?
OUI, ÇA VA !
IL EST VRAIMENT IMPRESSION-NANT.
JE NE PENSAIS PAS QU'UN ÉPÉISTE DOTÉ D'UN OUTIL MAGIQUE...
...POUVAIT DEVENIR AUSSI FORT.
MÊME EN AFFRONTANT DEUX ADVERSAIRES À LA FOIS, IL PARAÎT À PEINE DÉSTABILISÉ...
GLOUPS
S'ILS S'Y METTENT À DEUX, ÇA RISQUE DE MAL FINIR POUR NOUS.
CRAC
CRAC
IL FAUT L'ÉLIMINER AU PLUS VITE AVANT QU'IL...

RA
PERCIVAL !!
WR
Q-QUOI ?!
?
DONNE-MOI UN COUP DE MAIN.
FFT
NIARK
TU AS BESOIN DE MOI, MAINTENANT ?
ON DIRAIT QUE TU AS PRIS CHER.
TAP
LA FERME.
LE BOULOT SERA PLUS VITE TERMINÉ EN S'Y METTANT À DEUX, C'EST TOUT.

CRAC
SI TU LE DIS.
MAINTENANT QUE JE SUIS BIEN REPOSÉ...
FWIP
FFT
ÇA VA BARDER !
SWOUSH
PRAM !
TCHAC
JE VAIS ESSAYER DE LEUR BARRER LA ROUTE !
CRIII
!!

WOU
SHI
JE RÊVE OU IL VIENT DE LANCER SON ÉPÉE ?!
MADEMOISELLE ROMANTICA !!
CLANG
KYA !!
VOUH

KEUH !
PRAM !!
BAISSE-TOI !!
GNÉ ?
FWIP
TU PERDS TON TEMPS...
WOUSH

VOUM
ÉCHEC ET MAT.
BIIIP
MONDE DES OMBRES TERMINÉ !

CHAPITRE 9
À NOUS LA CLASSE ALPHA !

LE CLASSEMENT A ÉTÉ ÉTABLI EN FONCTION DE LA CONTRIBUTION ET DU NOMBRE DE PARTICIPANTS ÉLIMINÉS.
QUOI ?
BLA BLA
C'EST FINI ?
BLA BLA
PREMIÈRE PLACE : DÉSIR ARMAN
BLA BLA
BLA BLA
DEUXIÈME PLACE : AJEST KINGSCROWN
BLA BLA
BLA BLA
DÉSIR EST ARRIVÉ PREMIER...
TROISIÈME PLACE : PRAM SCHNEIDER
BLA BLA
ÇA VEUT DIRE QU'IL A GAGNÉ ?
NOM D'UN CHIEN !!
?!

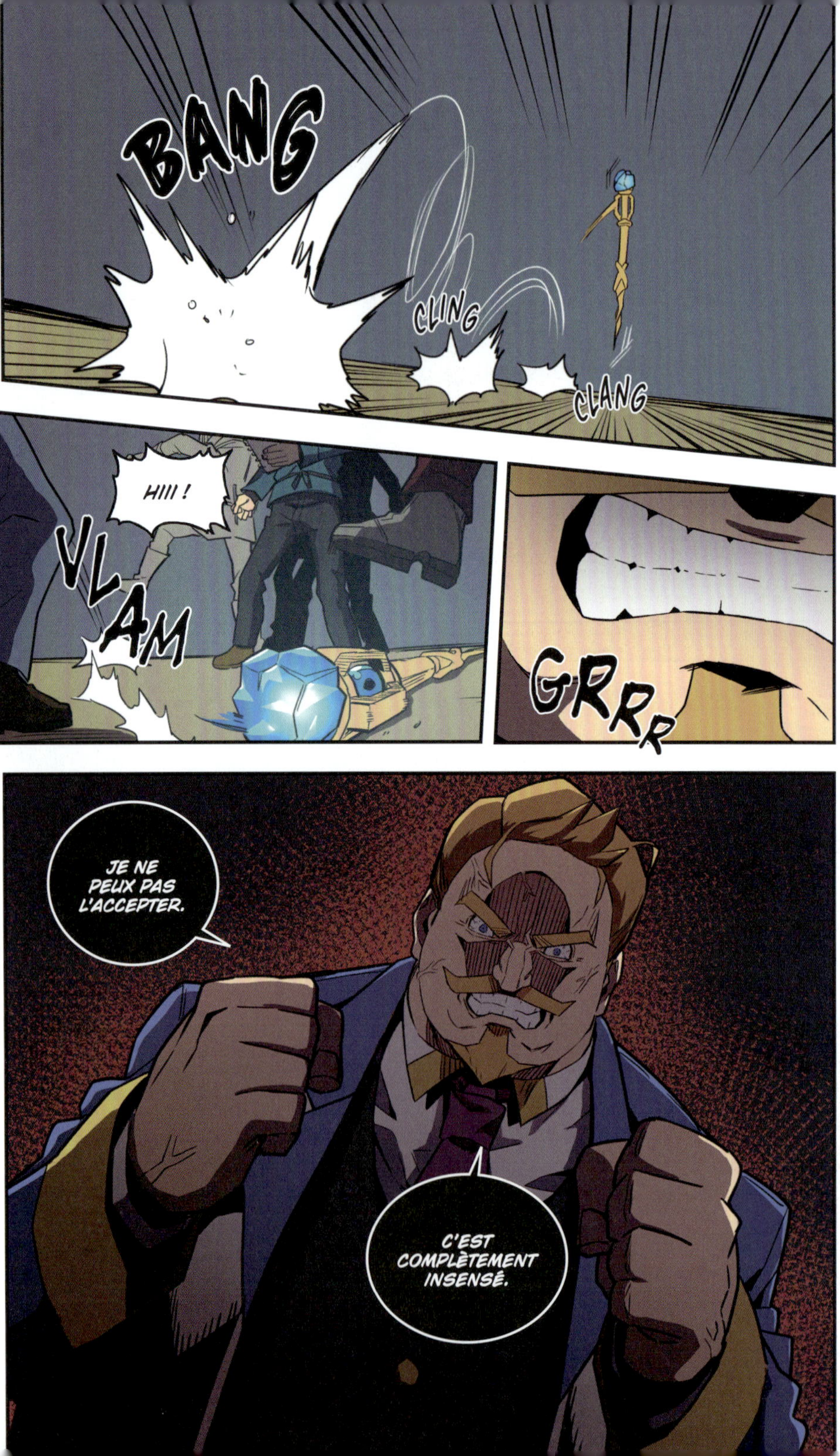
BANG
CLING
CLANG
HIII !
VLAM
GRRRR
JE NE PEUX PAS L'ACCEPTER.
C'EST COMPLÈTEMENT INSENSÉ.

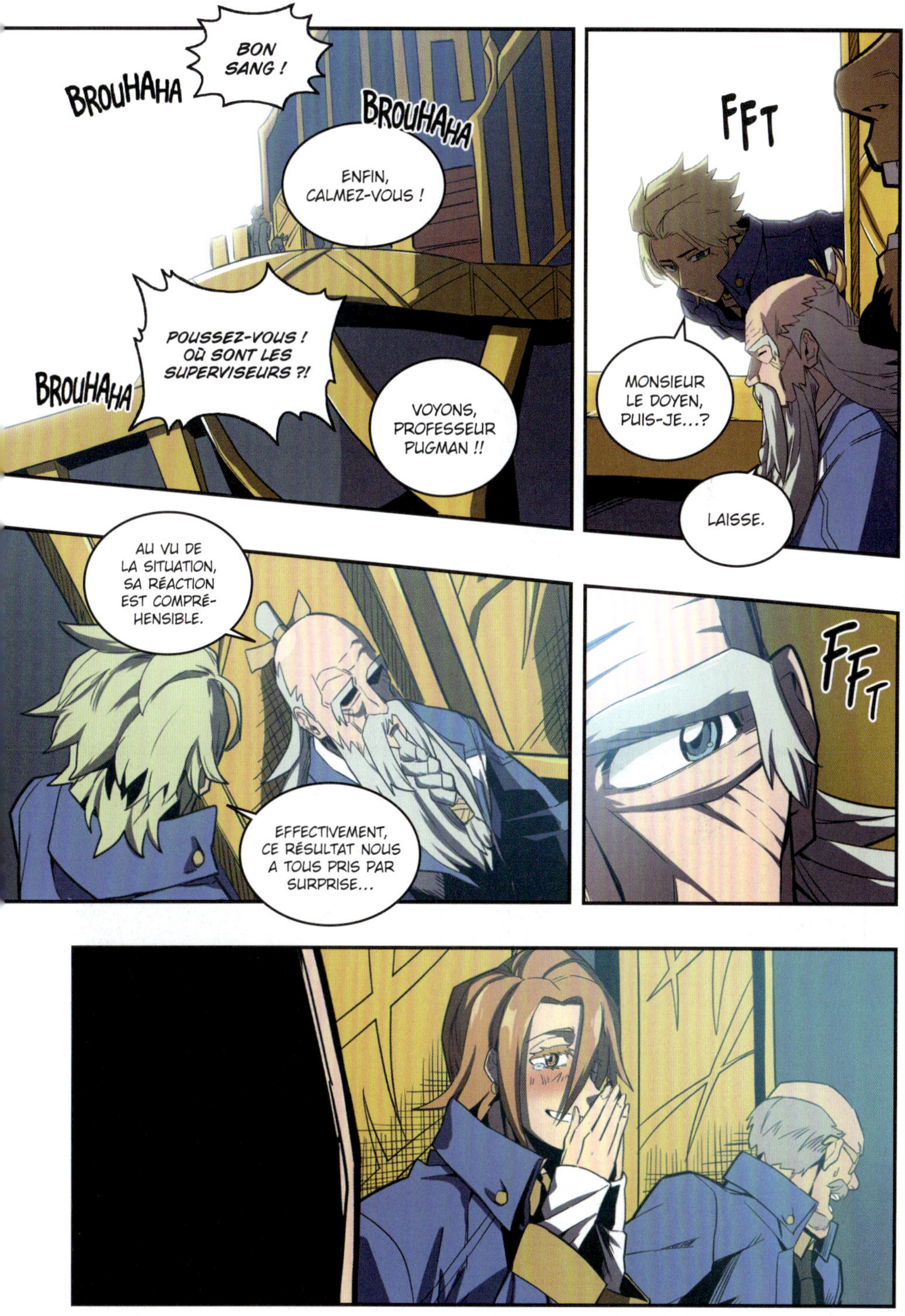
BRUOHAHA
BON SANG !
BROUHAHA
ENFIN, CALMEZ-VOUS !
POUSSEZ-VOUS ! OÙ SONT LES SUPERVISEURS ?!
BROUHAHA
VOYONS, PROFESSEUR PUGMAN !!
FFT
MONSIEUR LE DOYEN, PUIS-JE...?
LAISSE.
AU VU DE LA SITUATION, SA RÉACTION EST COMPRÉ-HENSIBLE.
EFFECTIVEMENT, CE RÉSULTAT NOUS A TOUS PRIS PAR SURPRISE...
FFT

HA HA HA, ÇA NE VA PAS ÊTRE UNE MINCE AFFAIRE.
CRIII
QUE VOULEZ-VOUS DIRE ?
NOUS ALLONS BIENTÔT AVOIR DU PAIN SUR LA PLANCHE.

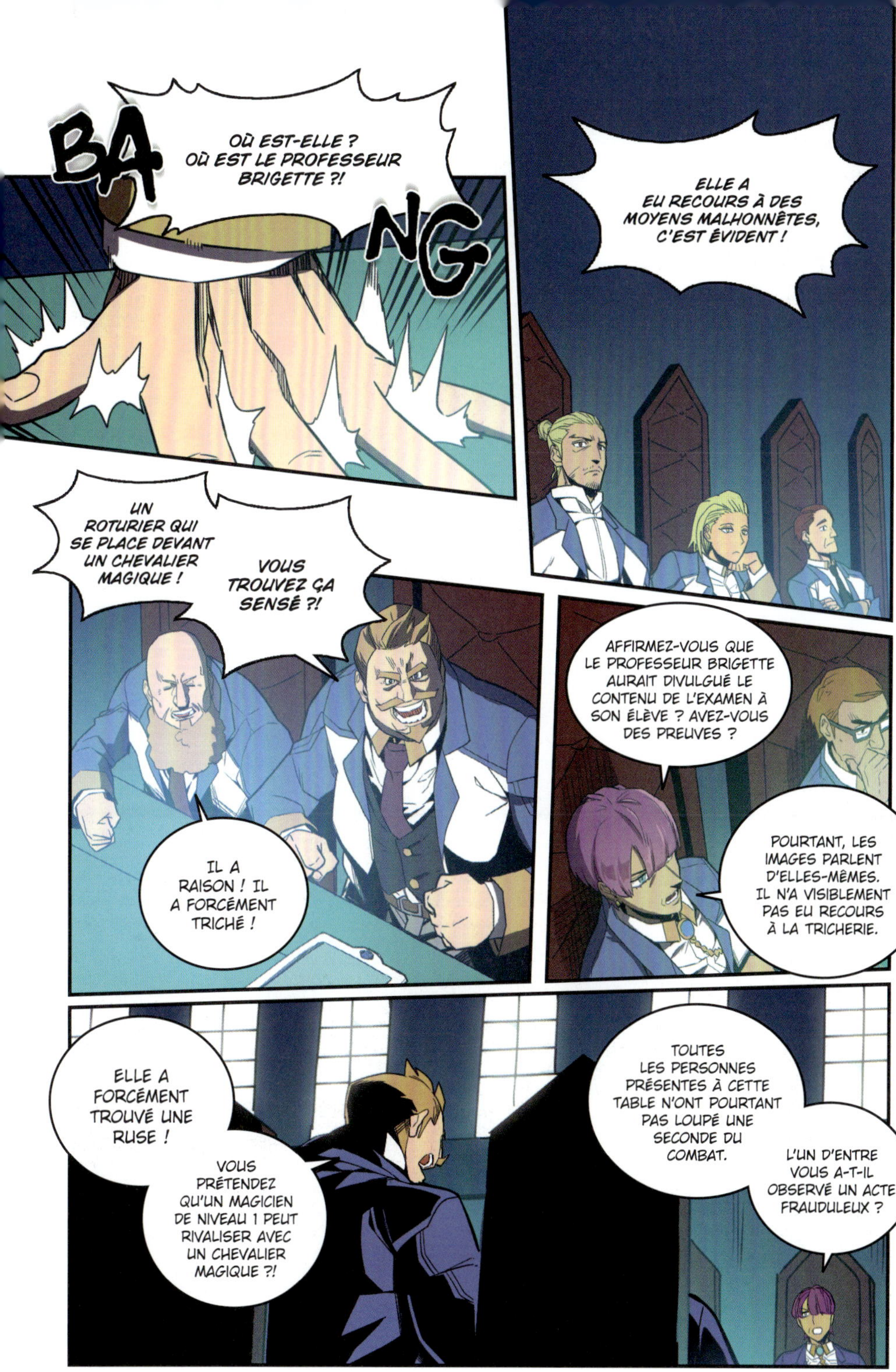
BA NG
OÙ EST-ELLE ? OÙ EST LE PROFESSEUR BRIGETTE ?!
ELLE A EU RECOURS À DES MOYENS MALHONNÊTES, C'EST ÉVIDENT !
UN ROTURIER QUI SE PLACE DEVANT UN CHEVALIER MAGIQUE !
VOUS TROUVEZ ÇA SENSÉ ?!
IL A RAISON ! IL A FORCÉMENT TRICHÉ !
AFFIRMEZ-VOUS QUE LE PROFESSEUR BRIGETTE AURAIT DIVULGUÉ LE CONTENU DE L'EXAMEN À SON ÉLÈVE ? AVEZ-VOUS DES PREUVES ?
POURTANT, LES IMAGES PARLENT D'ELLES-MÊMES. IL N'A VISIBLEMENT PAS EU RECOURS À LA TRICHERIE.
ELLE A FORCÉMENT TROUVÉ UNE RUSE !
VOUS PRÉTENDEZ QU'UN MAGICIEN DE NIVEAU 1 PEUT RIVALISER AVEC UN CHEVALIER MAGIQUE ?!
TOUTES LES PERSONNES PRÉSENTES À CETTE TABLE N'ONT POURTANT PAS LOUPÉ UNE SECONDE DU COMBAT.
L'UN D'ENTRE VOUS A-T-IL OBSERVÉ UN ACTE FRAUDULEUX ?

ÇA SUFFIT, PROFESSEUR PUGMAN.
DOIS-JE VOUS RAPPELER QUE VOUS ÊTES EN PRÉSENCE DU DOYEN ?
GRRR
FWIT
WIP
FFT
?
QU'EST-CE DONC ?

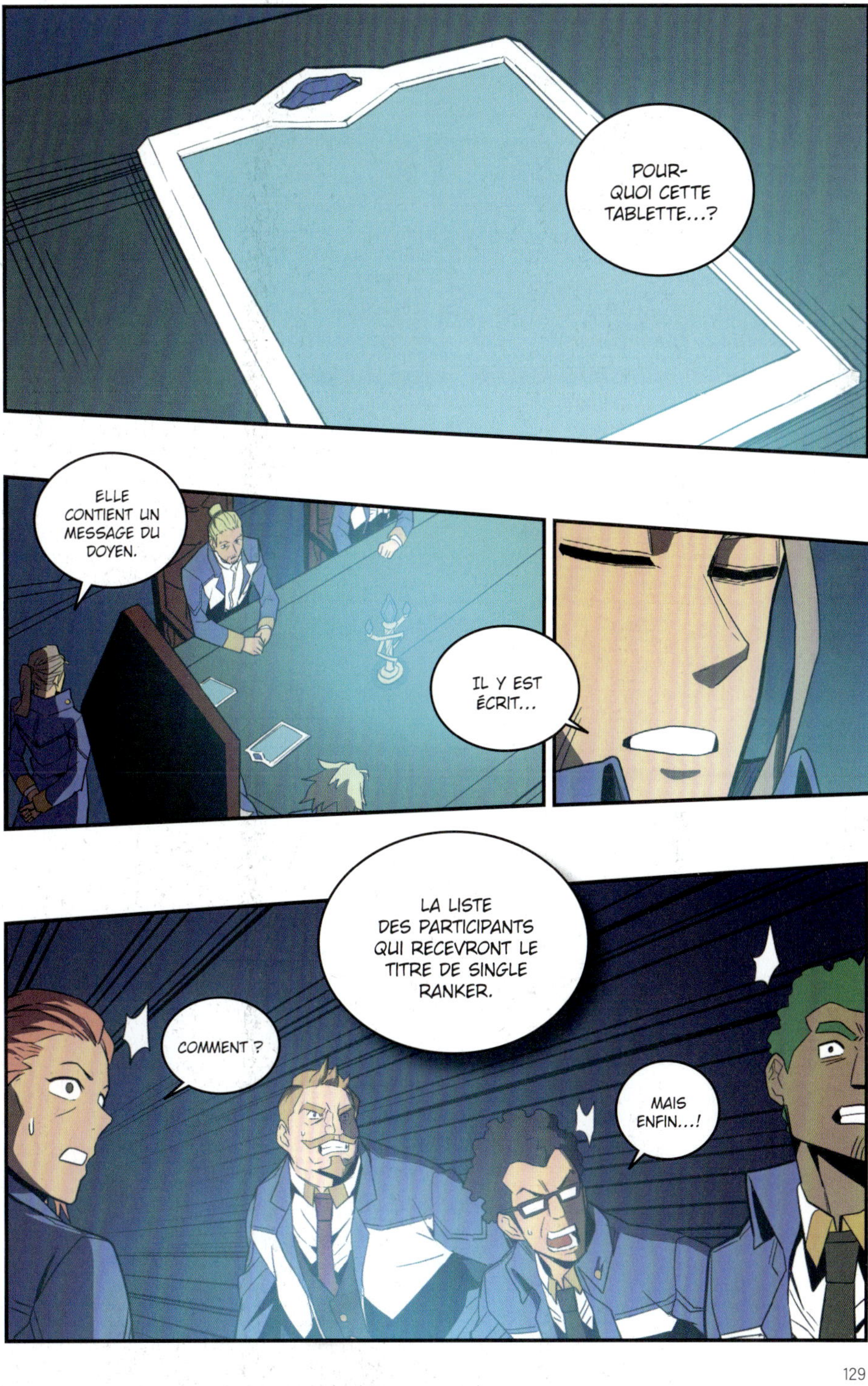
POUR-QUOI CETTE TABLETTE...?
ELLE CONTIENT UN MESSAGE DU DOYEN.
IL Y EST ÉCRIT...
LA LISTE DES PARTICIPANTS QUI RECEVRONT LE TITRE DE SINGLE RANKER.
COMMENT ?
MAIS ENFIN...!

POURQUOI AVOIR RÉUNI LE CONSEIL SI VOTRE DÉCISION ÉTAIT DÉJÀ PRISE...?
JE TENAIS À ENTENDRE VOS AVIS.
MÊME LES PLUS GROTESQUES.
TS
ING
GROTESQUES ?! MAIS...
JE VAIS PROCÉDER À L'ANNONCE.
BIP
LES NEUF PARTICIPANTS À RECEVOIR LE TITRE DE SINGLE RANKER SONT...

DORTOIR DE L'ÉTOURNEAU
HALL PRINCIPAL
BLA BLA
BLA BLA
BLA BLA
ET DONC, À CE MOMENT-LÀ, IL ÉTAIT DÉJÀ DEUX HEURES PASSÉES.

CE QUI SIGNIFIE QUE L'HEURE À LAQUELLE LES DÉMONS DE DEUX HEURES DEVAIENT APPARAÎTRE ÉTAIT DÉJÀ PASSÉE.
C'EST POURQUOI L'HORLOGE S'EST ARRÊTÉE.
FWIP
MAINTENANT QUE TU LE DIS, JE ME SOUVIENS QUE PAR MOMENTS, L'HORLOGE SEMBLAIT COMME ARRÊTÉE.
JE SUIS SEULEMENT CAPABLE D'INVERSER UN SORT QUI SE BASE SUR DES FORMULES MAGIQUES.
ET LA TOUR PRIVIUS ÉTAIT JUSTEMENT UN OUTIL MAGIQUE CRÉÉ DANS LE BUT D'INVOQUER DES DÉMONS.
IL S'AGIT CONCRÈTEMENT DE MAGIE DE HAUT NIVEAU CONSTITUÉE DE FORMULES.
HMM...
JE N'Y AVAIS PAS SONGÉ.

PROVOQUER UN FACE À FACE ÉTAIT PLUTÔT UNE BONNE IDÉE.
MAIS TU AS NÉGLIGÉ LE BUT PREMIER DU MONDE DES OMBRES. C'EST CE QUI A CAUSÉ TA DÉFAITE.
TANDIS QUE TOI, TU AS TOUJOURS REGARDÉ LA SITUATION DANS SON ENSEMBLE, SANS JAMAIS TE LAISSER DISTRAIRE COMPLÈTEMENT PAR NOTRE COMBAT.
PFOU
ON PEUT DIRE ÇA.
HÉ HÉ
FWIP
PFOU
J'ADMETS MA DÉFAITE.
ELLE ÉTAIT TOTALE.

JE N'IRAI PAS JUSQU'À DIRE ÇA.
JE T'EXPLIQUE TOUT ÇA COMME SI C'ÉTAIT ÉVIDENT MAIS...
SI TON ÉPÉE AVAIT ÉTÉ UN POIL PLUS RAPIDE QUE MON OPÉRATION INVERSE, J'AURAIS SÛREMENT...
ALORS NOUS VOUS AURIONS VENGÉ, MONSIEUR DÉSIR.
C'EST VRAI, NOUS AVIONS PRATIQUEMENT GAGNÉ NOTRE COMBAT.
TAP
TAP
GR
RR
TIENS, QUI VOILÀ !
TA DA
DAP
MONSIEUR DÉSIR !
CR
DÉSIR, FAIS-NOUS UNE PETITE PLACE.
HEIN ? EUH, OUI.

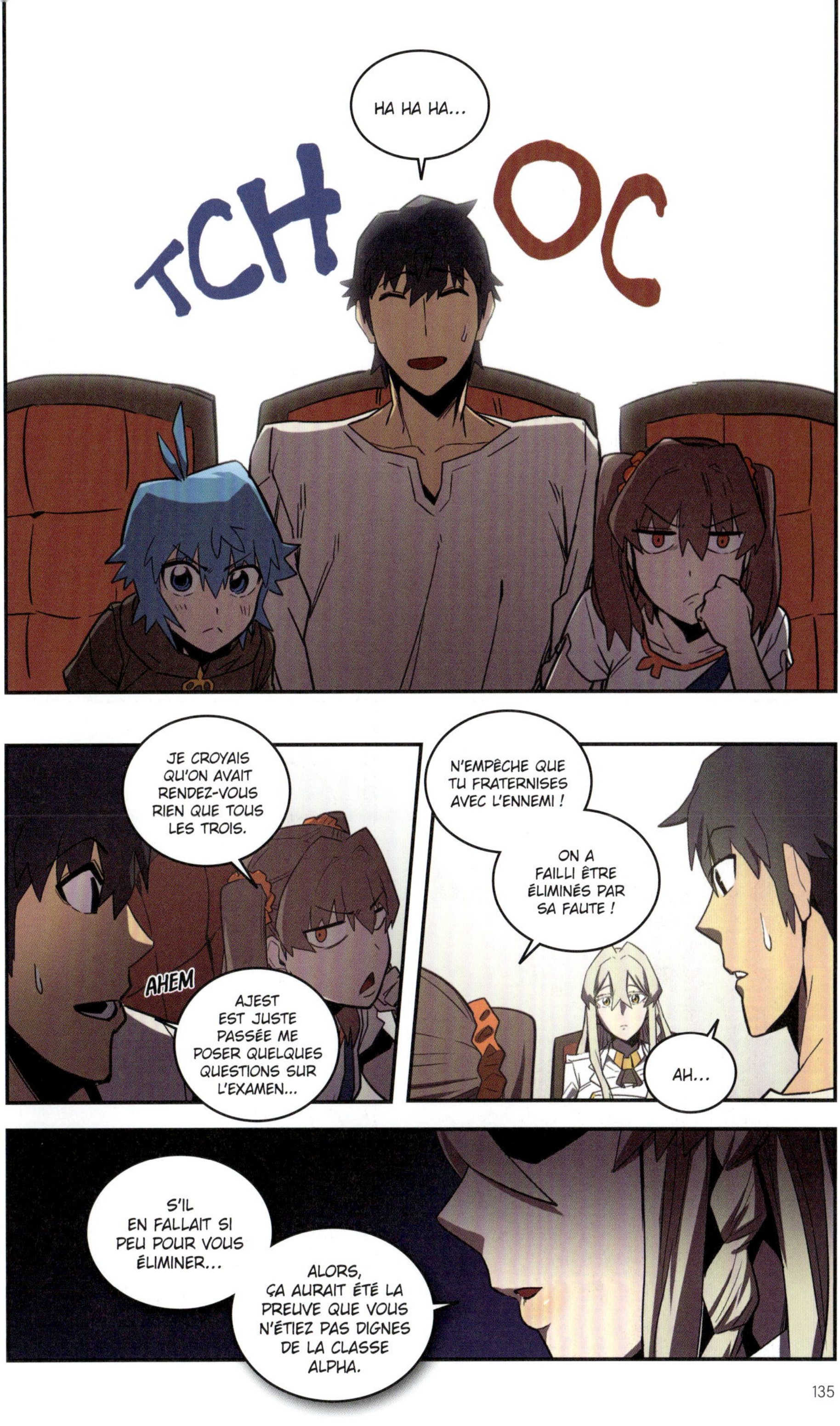
HA HA HA...
TCH OC
JE CROYAIS QU'ON AVAIT RENDEZ-VOUS RIEN QUE TOUS LES TROIS.
AHEM
AJEST EST JUSTE PASSÉE ME POSER QUELQUES QUESTIONS SUR L'EXAMEN...
N'EMPÊCHE QUE TU FRATERNISES AVEC L'ENNEMI !
ON A FAILLI ÊTRE ÉLIMINÉS PAR SA FAUTE !
AH...
S'IL EN FALLAIT SI PEU POUR VOUS ÉLIMINER...
ALORS, ÇA AURAIT ÉTÉ LA PREUVE QUE VOUS N'ÉTIEZ PAS DIGNES DE LA CLASSE ALPHA.

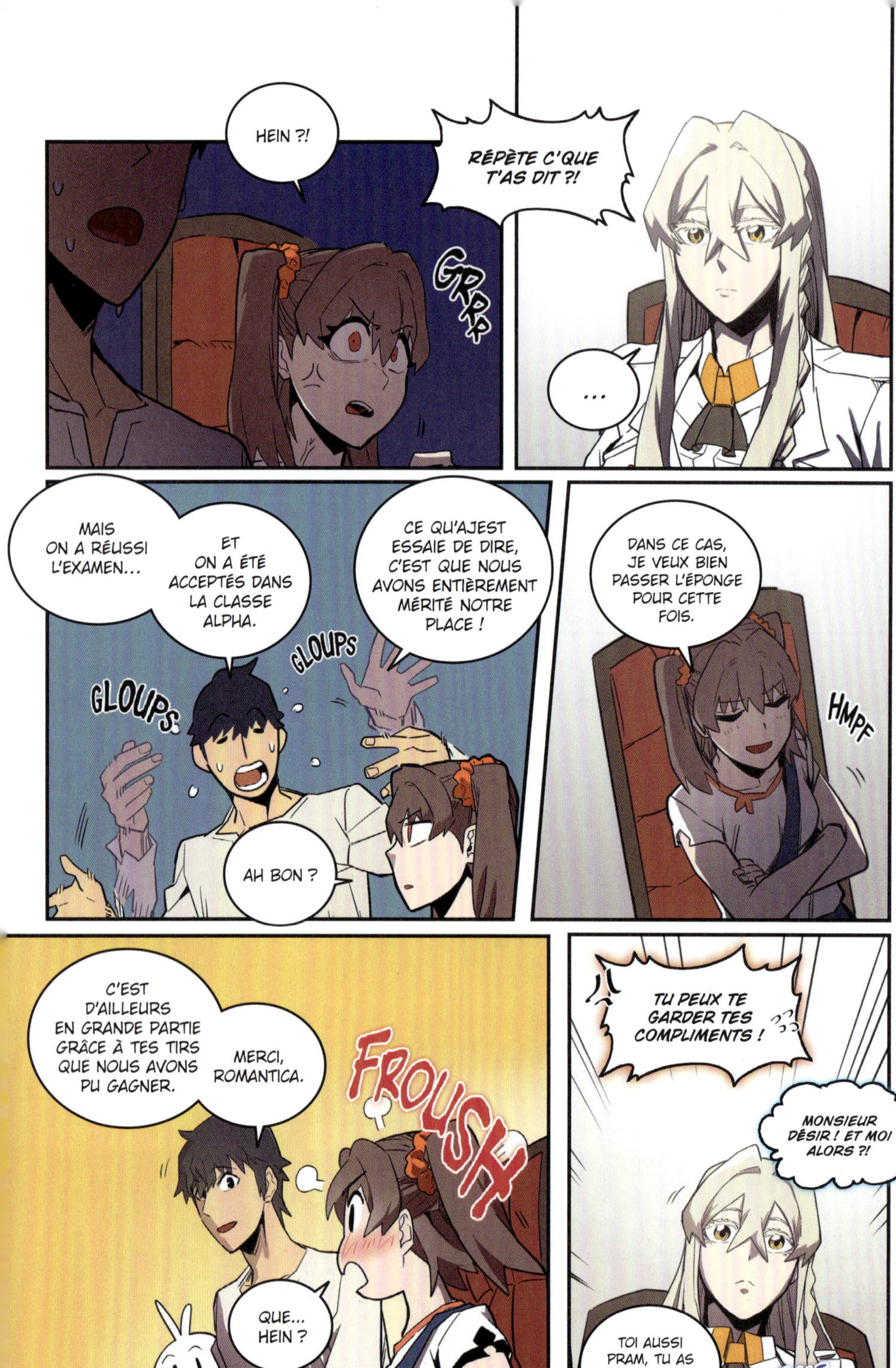
HEIN ?!
RÉPÈTE C'QUE T'AS DIT ?!
GRRR
...
MAIS ON A RÉUSSI L'EXAMEN...
ET ON A ÉTÉ ACCEPTÉS DANS LA CLASSE ALPHA.
CE QU'AJEST ESSAIE DE DIRE, C'EST QUE NOUS AVONS ENTIÈREMENT MÉRITÉ NOTRE PLACE !
GLOUPS
GLOUPS
AH BON ?
DANS CE CAS, JE VEUX BIEN PASSER L'ÉPONGE POUR CETTE FOIS.
HMPF
C'EST D'AILLEURS EN GRANDE PARTIE GRÂCE À TES TIRS QUE NOUS AVONS PU GAGNER.
MERCI, ROMANTICA.
FROUSH
QUE... HEIN ?
TU PEUX TE GARDER TES COMPLIMENTS !
MONSIEUR DÉSIR ! ET MOI ALORS ?!
TOI AUSSI PRAM, TU AS ÉTÉ UN VRAI CHAMPION !
HÉ HÉ HÉ

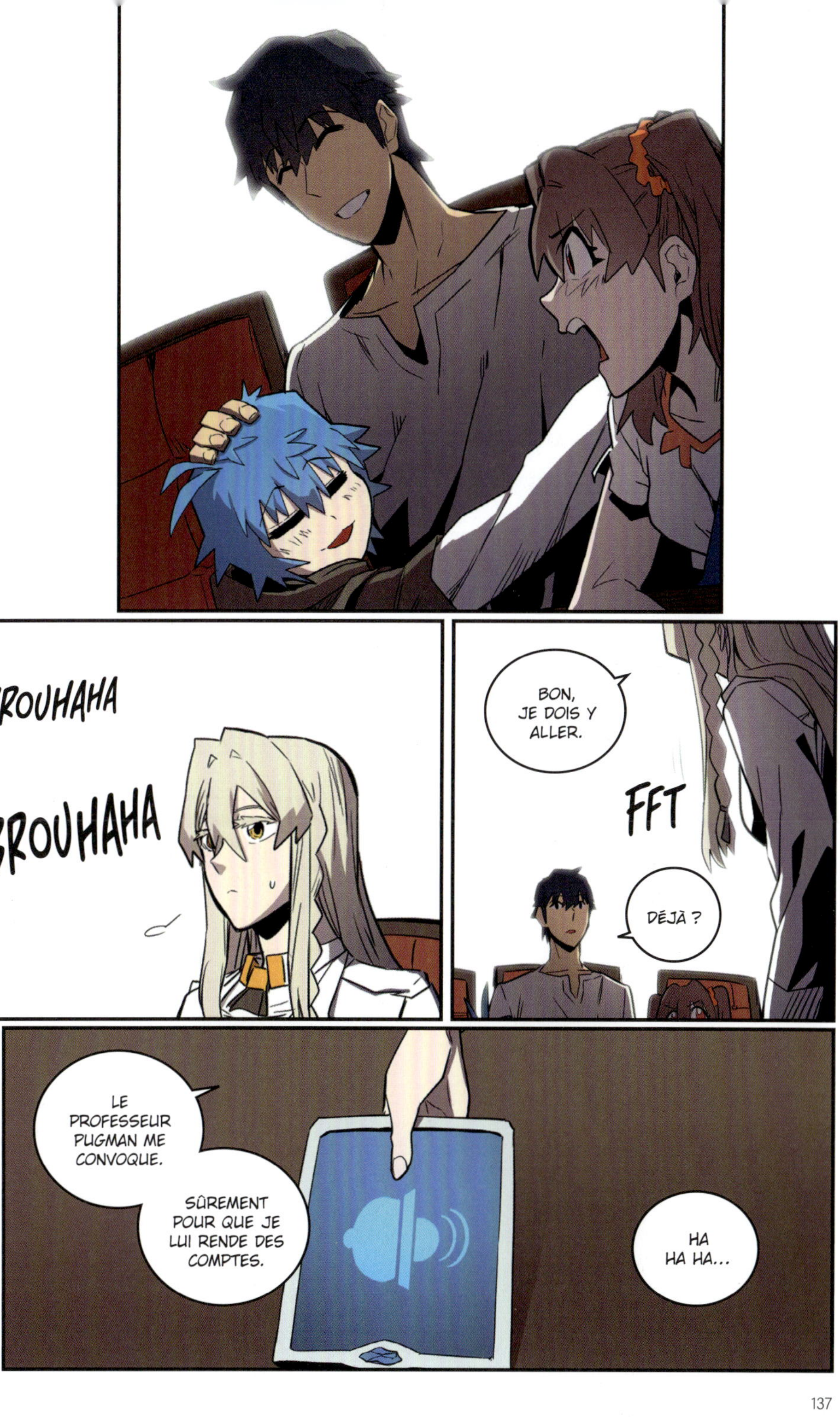
BROUHAHA
BROUHAHA
BON, JE DOIS Y ALLER.
FFT
DÉJÀ ?
LE PROFESSEUR PUGMAN ME CONVOQUE.
SÛREMENT POUR QUE JE LUI RENDE DES COMPTES.
HA HA HA...

ON FERAIT MIEUX D'Y ALLER NOUS AUSSI.
OUI !
ST
OP
DÉSIR...
CRII
OUI ?
J'AI UNE FAVEUR À TE DEMANDER...
?
CELA PEUT PARAÎTRE CULOTTÉ, MAIS...
POURRAIS-TU...
ME LAISSER PARTICIPER À TES ENTRAÎNEMENTS ?

HEIN ?

QUOI ?!
TU VEUX T'ENTRAÎNER AVEC NOUS ?!
TU AS PERDU LA TÊTE ?! C'EST HORS DE QUESTION !
DÉSIR, ENFIN ! DIS QUELQUE CHOSE...
GRRR
SIX HEURES, TOUS LES MATINS.

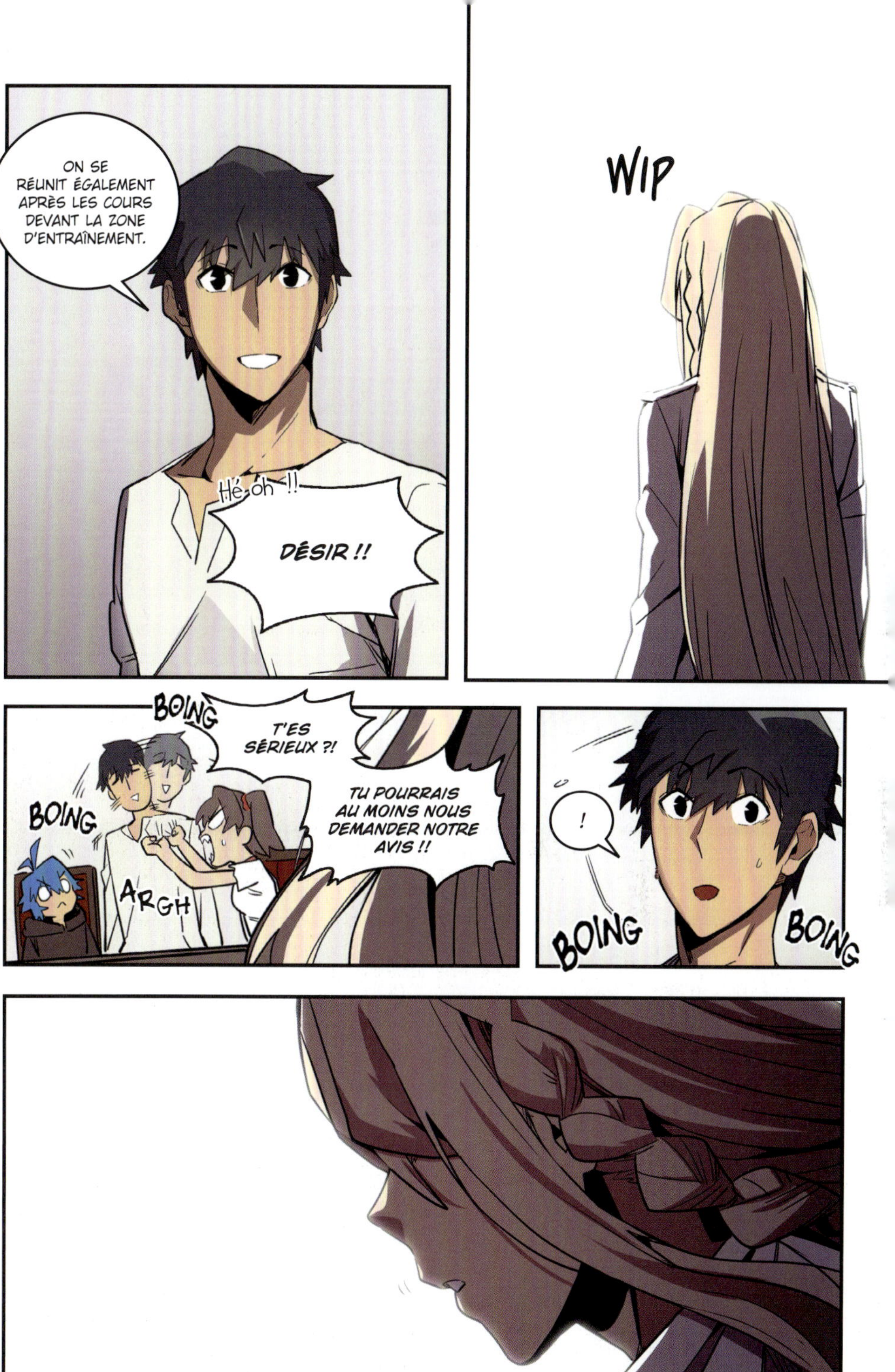
ON SE RÉUNIT ÉGALEMENT APRÈS LES COURS DEVANT LA ZONE D'ENTRAÎNEMENT.
WIP
Hé oh !!
DÉSIR !!
BOING
T'ES SÉRIEUX ?!
TU POURRAIS AU MOINS NOUS DEMANDER NOTRE AVIS !!
BOING
ARGH
!
BOING
BOING

ARRÊTE DE RIGOLER !!
HÉ HÉ
ALORS, QU'EST-CE QUE VOUS AVEZ PRÉVU POUR LA SUITE ?
GRRR
HMM... ATTENDONS D'ABORD L'ANNONCE DES RÉSULTATS.
CRII
ET APRÈS ?
SI ON INTÈGRE LA CLASSE ALPHA...
TU NE VAS QUAND MÊME PAS DISSOUDRE NOTRE PARTI...?
SI ?
!

AH ! C'EST VRAI !
TU N'ÉTAIS CENSÉE INTÉGRER LE PARTI QUE POUR UN MOIS !
HÉ !!
GLOUPS
VOUS NOUS QUITTEZ ?
ALORS BONNE CONTINUATION, JE SUPPOSE ?
HÉ !
PRAM !!
À NOUS DEUX, NOUS ALLONS FAIRE DE GRANDES CHOSES, MONSIEUR DÉSIR !
OH, ÇA C'EST CERTAIN !
JUSTE TOI ET MOI !
HÉ HÉ
TAC
VOUS ÊTES NULS !
DÉSIR...
TU N'ES QUAND MÊME PAS SÉRIEUX...?
FFT
BIEN SÛR QUE NON.
SÉRIEUX
PFF, TU M'ÉNERVES !

TSS-TSS
LES BÊTAS SONT TOUJOURS DISCRIMINÉS.
NOTRE PARTI A ENCORE DU PAIN SUR LA PLANCHE.
IL Y A ENCORE TELLEMENT DE BÊTAS TALENTUEUX QU'ON LAISSE MOISIR DANS LEUR CLASSE SUR LA SEULE BASE DE LEUR CLASSE SOCIALE...
NOUS ALLONS LES AIDER.
IL N'Y A QUE DANS CES MOMENTS-LÀ QU'IL DEVIENT SÉRIEUX...
GLOUPS
HMPF
IL FAUT TOUJOURS QUE TU METTES TON GRAIN DE SEL PARTOUT...
DONC VOUS PRÉFÉREZ NOUS QUITTER ?
HEIN ?
JE NE FAIS QUE CONSTATER, C'EST TOUT ! BIEN SÛR QUE JE VAIS AIDER LES AUTRES BÊTAS S'IL LE FAUT !
SI VOUS DÉSAPPROUVEZ, PERSONNE NE VOUS FORCE À RESTER ! HI HI !

HÉ HÉ
Sale traître !
BIEN ENTENDU, MON VÉRITABLE BUT N'EST PAS LÀ…
LE LABYRINTHE DES OMBRES…
AVEC LA FIN DU MONDE QUI APPROCHE…
DOOM
JE DOIS ACCROÎTRE NOS FORCES SI JE VEUX QUE NOUS SOYONS PRÊTS À FAIRE FRONT.
DOOM
CETTE FOIS-CI…

JE NE PERDRAI PAS.

DÉSIR !
ENFIN, TE VOILÀ !
GLOUPS
FWIP
JE RECONNAIS
CETTE VOIX !!
!!
COMME TU
M'AS MANQUÉ !
GWAK

PROFESSEURE BRIGETTE ?!
QU'EST-CE QUI VOUS AMÈNE...?
J'AI UNE BONNE NOUVELLE À VOUS ANNONCER.
LAQUELLE ?
PAS SI VITE !
CLAC
VOUM

FFT
MAIS...
BOUM
C'EST LE GÂTEAU SPÉCIAL DE LA PÂTISSERIE BESWALD !
KYAAA
IL FAUT FAIRE LA QUEUE TROIS JOURS JUSTE POUR ACHETER DU PAIN CHEZ EUX !
HOP
HOP
COMMENT AVEZ-VOUS DÉGOTÉ CE GÂTEAU ?!
KYA

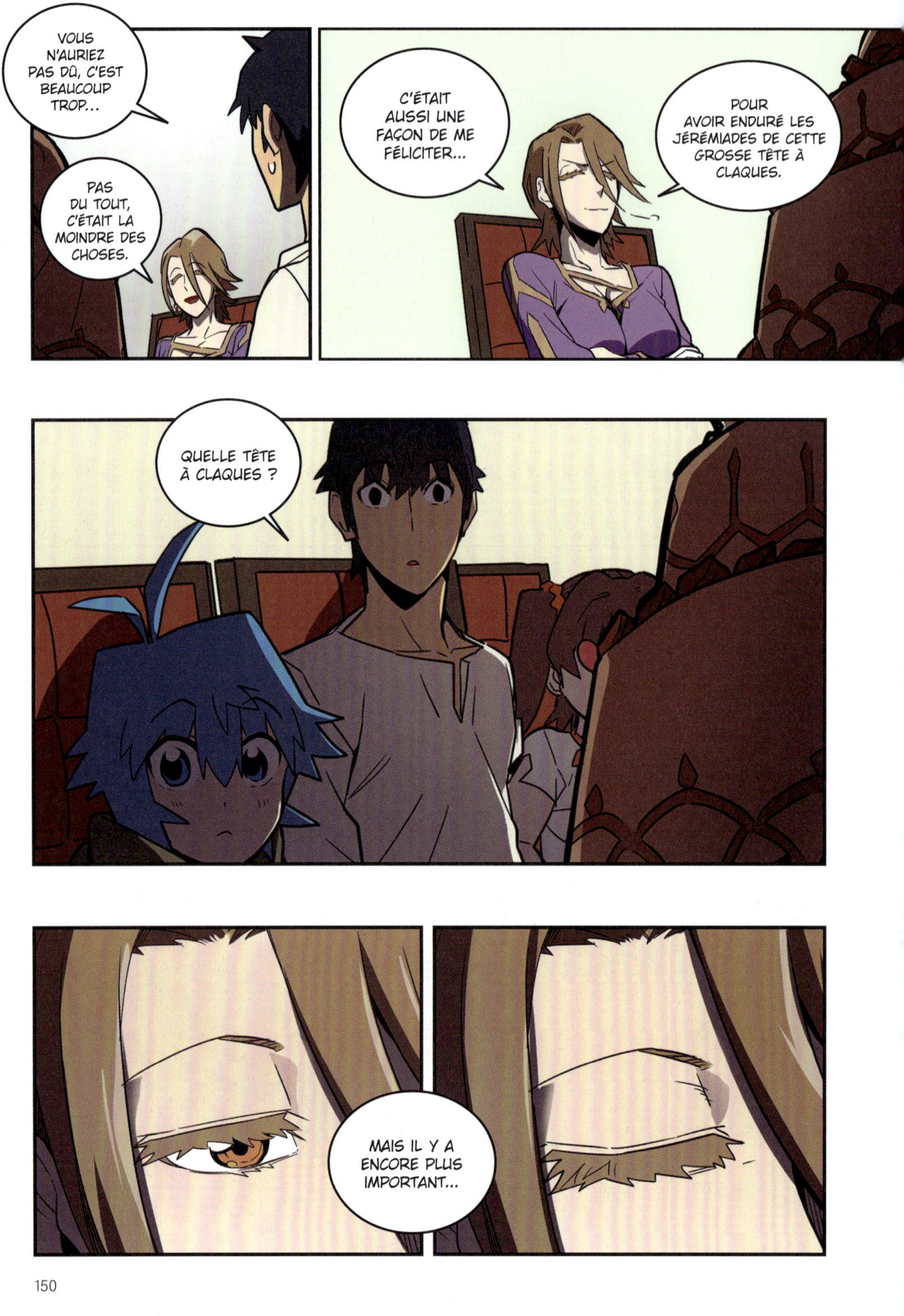
VOUS N'AURIEZ PAS DÛ, C'EST BEAUCOUP TROP…
PAS DU TOUT, C'ÉTAIT LA MOINDRE DES CHOSES.
C'ÉTAIT AUSSI UNE FAÇON DE ME FÉLICITER…
POUR AVOIR ENDURÉ LES JÉRÉMIADES DE CETTE GROSSE TÊTE À CLAQUES.
QUELLE TÊTE À CLAQUES ?
MAIS IL Y A ENCORE PLUS IMPORTANT…

C'EST MOI L'ÉPÉISTE !
HÉ, ATTENDS-MOI !
HA HA HA
TCH
AC
?!
GWAK
OH, COMME TU ES MIGNON !
QUE VEUX-TU, MON PETIT ?
EUH...
OUI ?
PSSIT
JE VOIS QUE TU TIENS LÀ UN MANUEL DE MAGIE.
TU T'INTÉRESSES À LA MAGIE ?
EUH...

OUI ?
HA HA
S'IL VOUS PLAÎT...
APPRENEZ-MOI LA MAGIE !

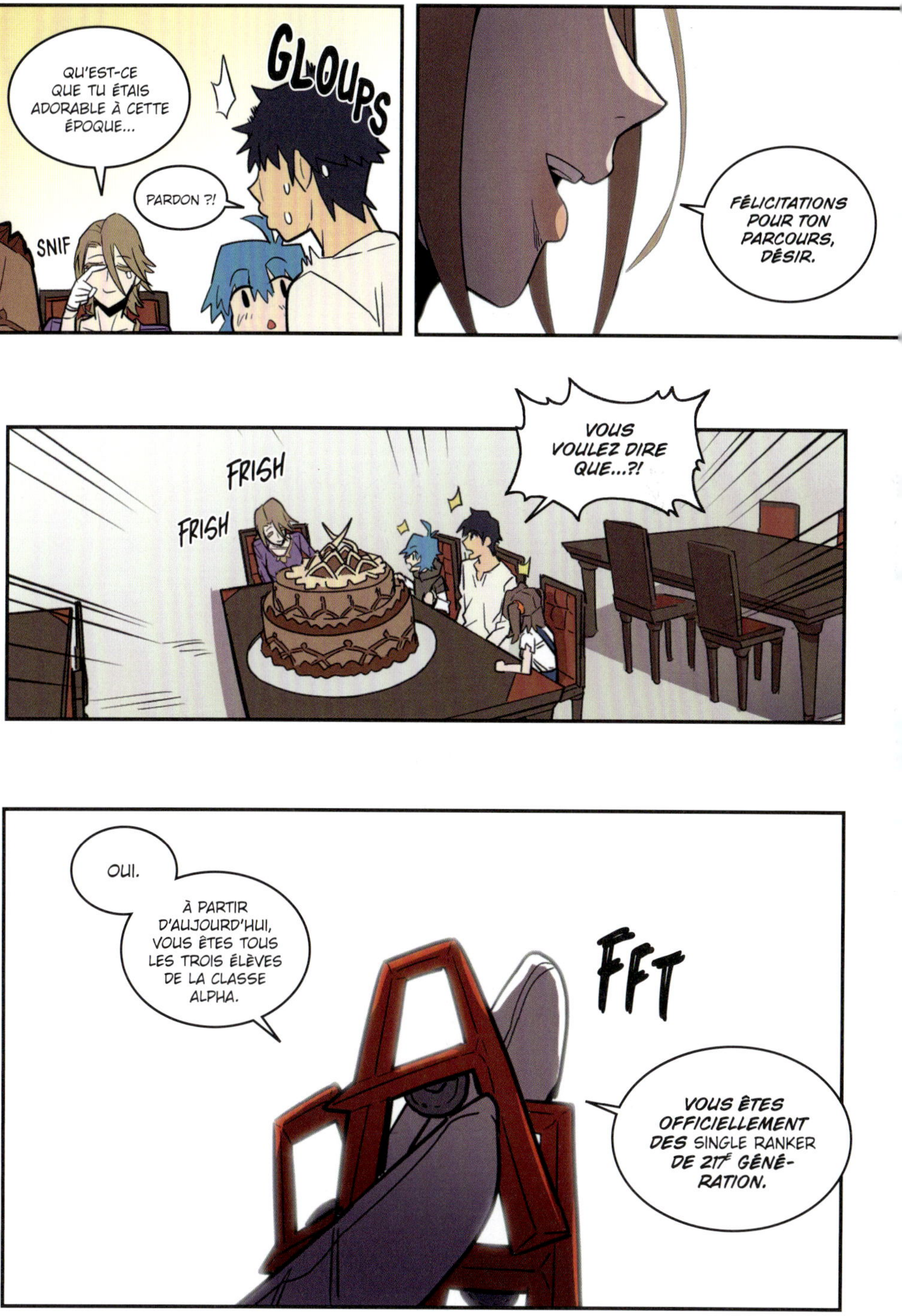
QU'EST-CE QUE TU ÉTAIS ADORABLE À CETTE ÉPOQUE...
SNIF
PARDON ?!
GLOUPS
FÉLICITATIONS POUR TON PARCOURS, DÉSIR.
FRISH
FRISH
VOUS VOULEZ DIRE QUE...?!
OUI.
À PARTIR D'AUJOURD'HUI, VOUS ÊTES TOUS LES TROIS ÉLÈVES DE LA CLASSE ALPHA.
FFT
VOUS ÊTES OFFICIELLEMENT DES SINGLE RANKER DE 217E GÉNÉRATION.

ON A
RÉUSSI !!

YOUPI ! FINIS LE PAIN DUR COMME LA PIERRE !
ÇA Y EST…
GW
AK
NOUS AVONS ENFIN FAIT UN PAS EN AVANT !

CHAPITRE 10
LES OUTERS

UN TERRITOIRE EN RUINES DU CONTINENT
CRÔA
CRÔA
CLANG
CLANG
FFT

VOUS NE PERDEZ RIEN POUR ATTENDRE...
TOUR DES MAGES !

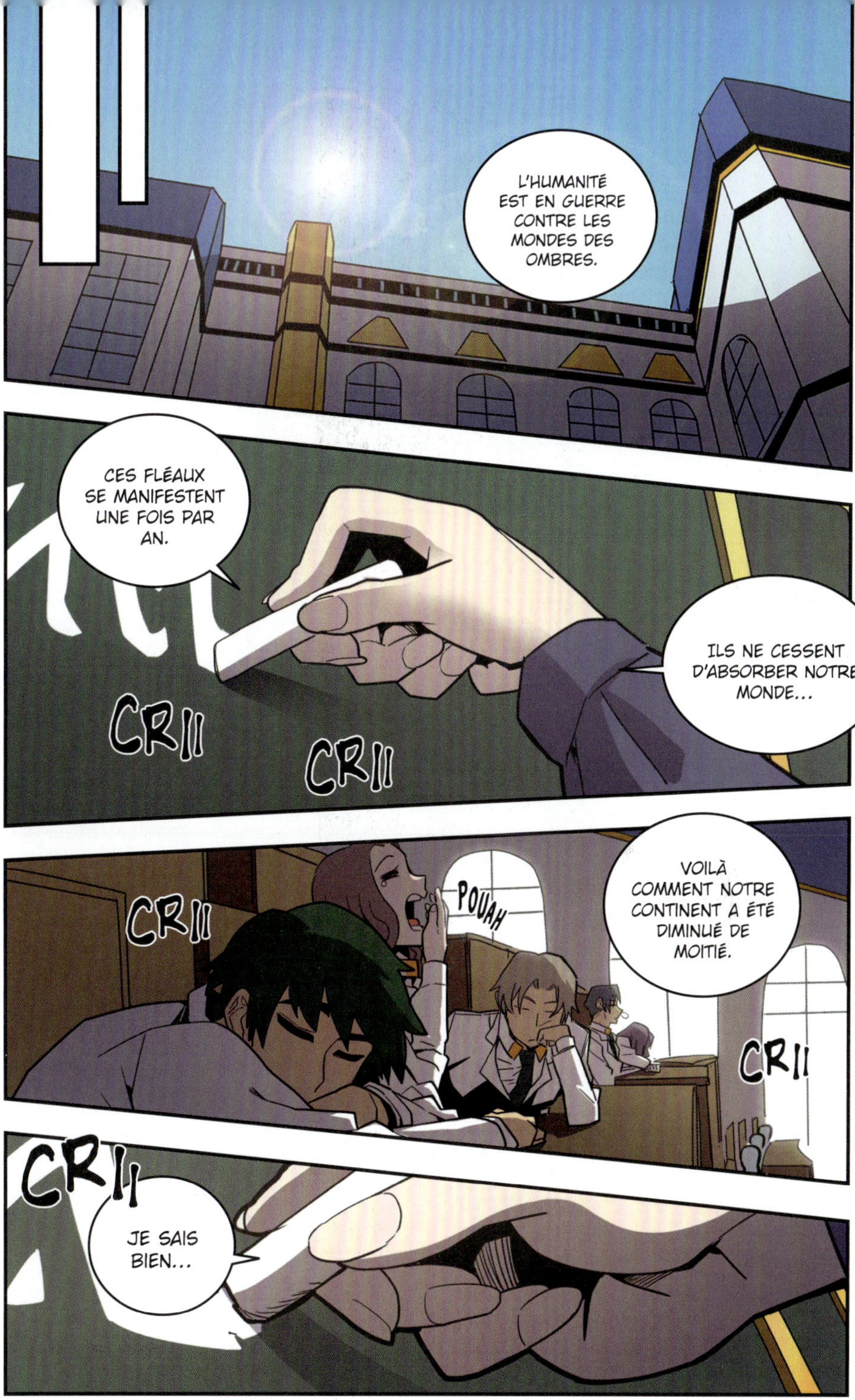
L'HUMANITÉ EST EN GUERRE CONTRE LES MONDES DES OMBRES.
CES FLÉAUX SE MANIFESTENT UNE FOIS PAR AN.
ILS NE CESSENT D'ABSORBER NOTRE MONDE...
CRII
CRII
CRII
POUAH
VOILÀ COMMENT NOTRE CONTINENT A ÉTÉ DIMINUÉ DE MOITIÉ.
CRII
CRII
JE SAIS BIEN...

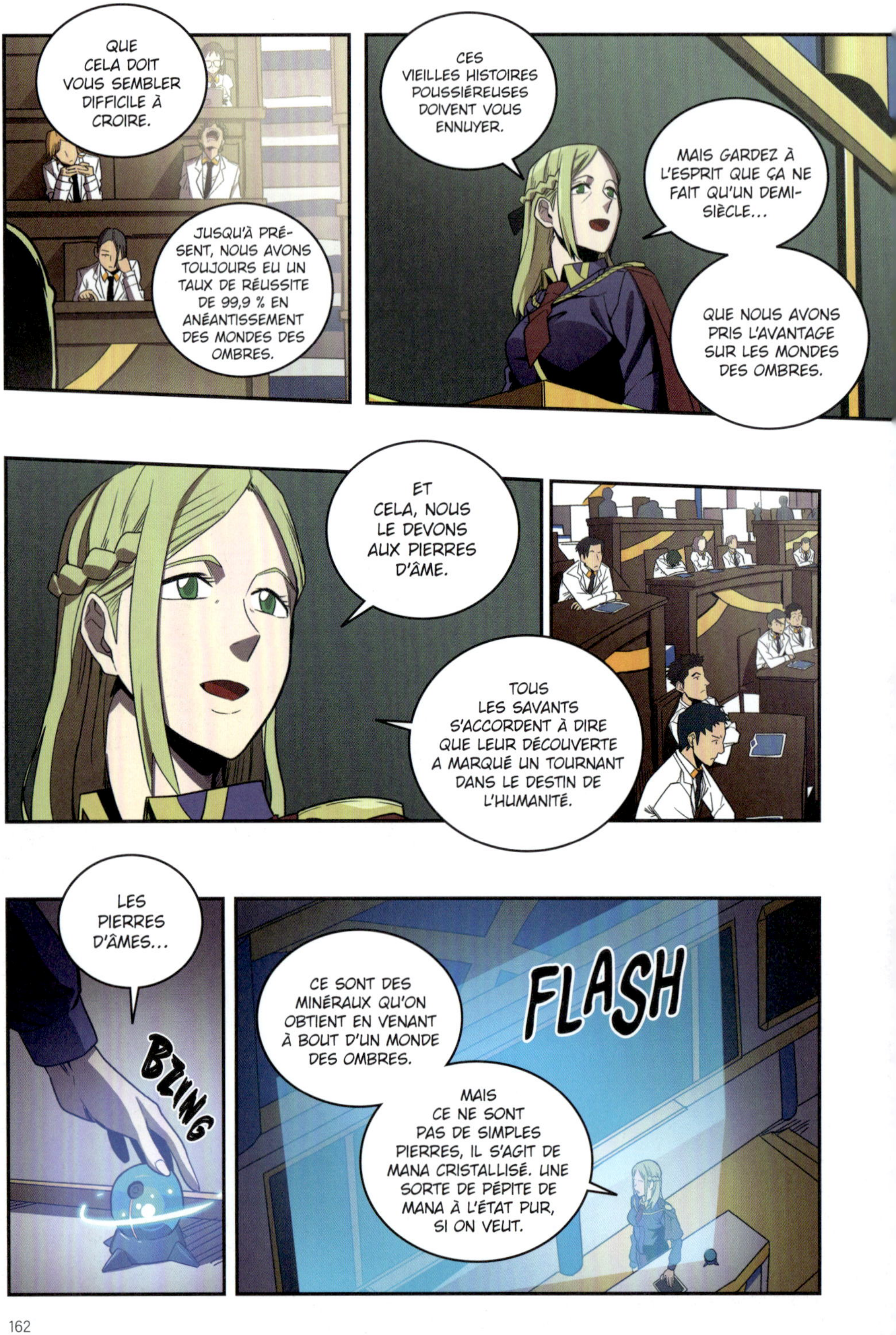
QUE CELA DOIT VOUS SEMBLER DIFFICILE À CROIRE.
JUSQU'À PRÉSENT, NOUS AVONS TOUJOURS EU UN TAUX DE RÉUSSITE DE 99,9 % EN ANÉANTISSEMENT DES MONDES DES OMBRES.
CES VIEILLES HISTOIRES POUSSIÉREUSES DOIVENT VOUS ENNUYER.
MAIS GARDEZ À L'ESPRIT QUE ÇA NE FAIT QU'UN DEMI-SIÈCLE…
QUE NOUS AVONS PRIS L'AVANTAGE SUR LES MONDES DES OMBRES.
ET CELA, NOUS LE DEVONS AUX PIERRES D'ÂME.
TOUS LES SAVANTS S'ACCORDENT À DIRE QUE LEUR DÉCOUVERTE A MARQUÉ UN TOURNANT DANS LE DESTIN DE L'HUMANITÉ.
LES PIERRES D'ÂMES…
BZING
FLASH
CE SONT DES MINÉRAUX QU'ON OBTIENT EN VENANT À BOUT D'UN MONDE DES OMBRES.
MAIS CE NE SONT PAS DE SIMPLES PIERRES, IL S'AGIT DE MANA CRISTALLISÉ. UNE SORTE DE PÉPITE DE MANA À L'ÉTAT PUR, SI ON VEUT.

ELLES SONT COMPOSÉES DE DEUX COUCHES.
LA SURFACE SOLIDE QUE L'ON APPELLE "MANA EXTERNE."
ET L'INTÉ-RIEUR QUE L'ON APPELLE "MANA INTERNE."
LE MANA EXTERNE BLOQUE L'ÉCOULEMENT DU MANA INTERNE, CE QUI FAIT QU'ON NE PEUT PAS L'UTILISER TEL QUEL.
ET SI L'ON ÉLIMINE LA COUCHE EXTERNE, ALORS LE MANA INTERNE SE DISSOUS DANS L'AIR.
HEUREUSEMENT, LA TOUR DES MAGES NOUS A PERMIS DE SURMONTER CET OBSTACLE IL Y A 50 ANS EN DÉVELOPPANT UNE MÉTHODE D'ENCHANTEMENT.
CELA CONSISTE À PERCER UN MINUSCULE TROU DANS LA COUCHE EXTERNE...
PUIS À LANCER UNE FORMULE POUR CONTENIR LE MANA INTERNE, RENDANT POSSIBLE L'UTILISATION DES VERTUS DE LA PIERRE.
CETTE TECHNIQUE LEUR EST PROPRE.
BZING
CETTE AVANCÉE A PERMIS À TOUTE UNE GÉNÉRATION DE PROFITER DES BIENFAITS DE LA MAGIE...

FLASH
ET NOUS A FAIT ENTRER DANS L'ÈRE DE LA HAUTE MAGIE.
ÉVIDEMMENT, CELA NE VIENT PAS SANS SA PART D'EFFETS NÉGATIFS.
UN GROUPE DE HORS-LA-LOI DONT LE BUT EST DE S'EMPARER DES PIERRES D'ÂME A VU LE JOUR.
ON LES APPELLE "OUTERS."
BIP
MAIS IL EST ENCORE UN PEU TÔT POUR ABORDER CE SUJET AVEC VOUS.
ET MAINTENANT, J'AI UNE QUESTION POUR VOUS.
SAVEZ-VOUS QUI A INVENTÉ LA MÉTHODE D'ENCHANTEMENT ?
SILENCE

PERSONNE ?
WIP
VOUS, LA JEUNE FILLE QUI SOMNOLE DANS LE FOND.
HEIN ?!
TSING
BADABOUM
EUH, OUI ! C'EST MOI !
GLOUPS
EUH... OUI ?
GLOUPS
HÉ...
FFT

TU DEVRAIS ÊTRE UN PEU PLUS ATTENTIVE EN COURS.
PAS VRAI, ROMANTICA ?
PSSIT
LA RÉPONSE EST ZOD EXARION.
JE... JE SAIS ! POUR QUI TU ME PRENDS ?!
C'EST ZOD EXARION !
HA HA
OUI... C'EST EXACT.
IL S'AGIT BIEN DE ZOD EXARION, L'ACTUEL MAÎTRE DE LA TOUR DES MAGES. VOUS POUVEZ VOUS RASSEOIR.
TU AS BIEN ROUPILLÉ ?
GRR
GRR
LA FERME, TOI !

EN CONCLUSION, LES MONDES DES OMBRES SONT PARTICULIÈREMENT PARADOXAUX.
S'ILS ONT, CERTES, ENGLOUTI UNE BONNE PARTIE DE NOS TERRITOIRES…
ILS NOUS ONT ÉGALEMENT OFFERT LES PIERRES D'ÂME, AUXQUELLES NOUS DEVONS LES PROGRÈS DE NOTRE CIVILISATION..
C'EST TOUT POUR AUJOURD'HUI !
VENEZ ME VOIR À MON BUREAU SI VOUS AVEZ DES QUESTIONS.
BLA BLA
ENFIN TERMINÉ !
BLA BLA
ON VA OÙ ?
BLA BLA
TADADADADAP
JE VOIS… PAS DE QUESTION.
?!

BONJOUR, JE M'APPELLE DÉSIR ARMAN.
NOUS SOMMES TOUS LES TROIS DES SINGLE RANKER DU MÊME PARTI.
TCH
AC
OH, ALORS LA JEUNE FILLE QUI PIQUAIT DU NEZ ÉTAIT UNE SINGLE RANKER !
EUH... OUI ?!
C'EST UN HONNEUR DE FAIRE VOTRE CONNAISSANCE.
WIP
C'EST AUTANT UN PLAISIR POUR NOUS D'ASSISTER À VOS COURS, PROFESSEURE PRÉLUDE.
VOUS AVEZ DES QUESTIONS ?
À VRAI DIRE, IL S'AGIT PLUTÔT D'UNE REQUÊTE.
TSING

VOUS SOUHAITEZ DEMANDER LE PARRAINAGE DE LA TOUR DES MAGES ?
?
OUI, ON PEUT DIRE ÇA.
MALHEUREUSEMENT, LA PÉRIODE D'INSCRIPTION EST TERMINÉE.
IL VOUS FAUDRA ATTENDRE L'AN PROCHAIN POUR POSTULER.
OUH
AH, JE CROIS QUE NOUS NOUS SOMMES MAL COMPRIS.
FWIP
NOUS NE COMPTONS PAS DEMANDER LE SOUTIEN DE LA TOUR.
DANS CE CAS...
F
FT
LETTRE DE MISSION

QU'EST-CE QUE ÇA SIGNIFIE ?
FRSH
IL PARAÎT QUE LES PARTIS D'HÉBRION ONT LA POSSIBILITÉ DE SE FAIRE RÉMUNÉRER EN ÉCHANGE DE LEURS SERVICES.
TCH
AC
ÇA, JE SUIS AU COURANT.
CE QUE JE VOULAIS DIRE, C'EST POURQUOI ME DONNER CE PAPIER À MOI ?
POURRIEZ-VOUS NOUS RECRUTER ?
. . .

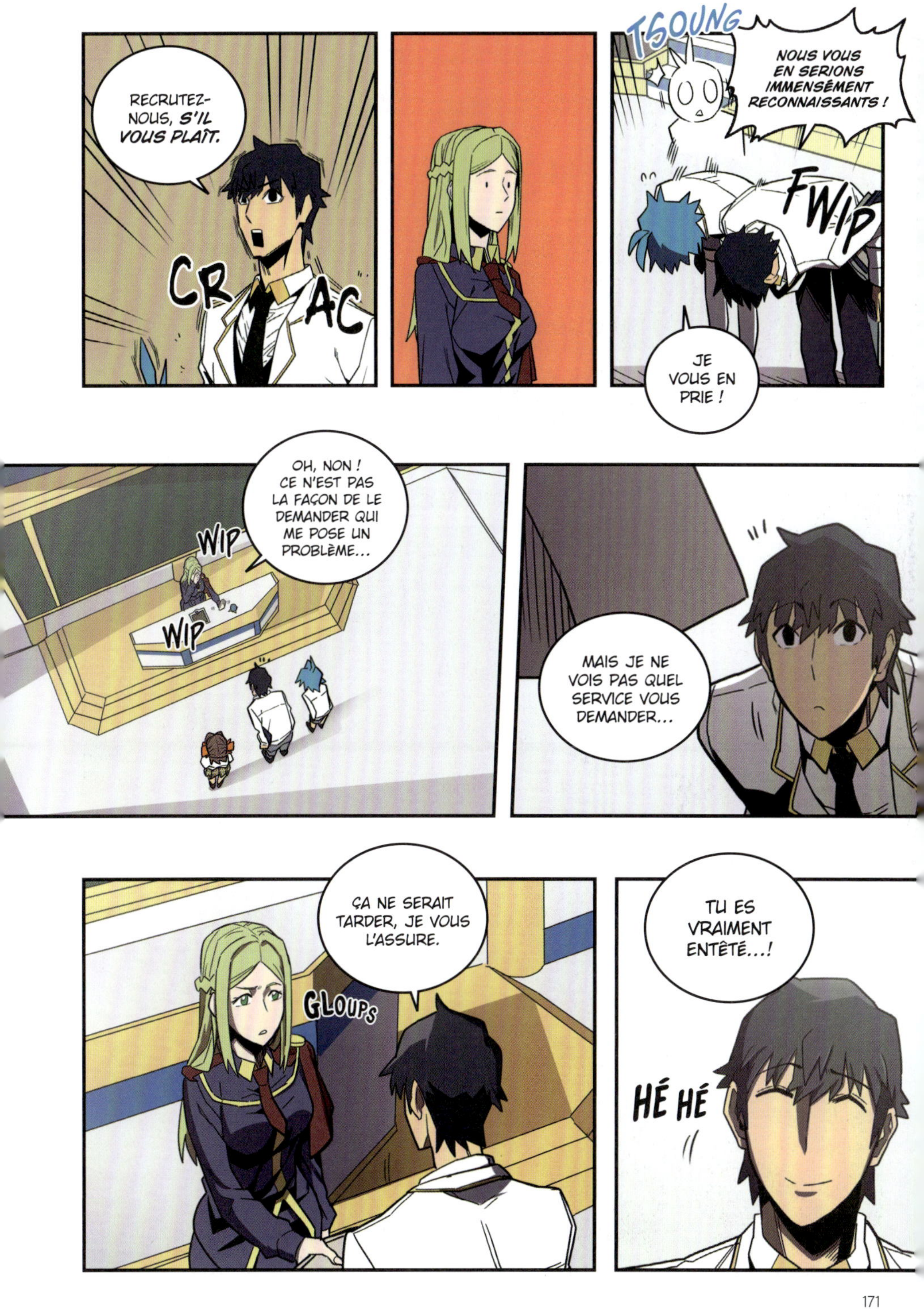
RECRUTEZ-NOUS, S'IL VOUS PLAÎT.
CRAC
TSOUNG
NOUS VOUS EN SERIONS IMMENSÉMENT RECONNAISSANTS !
FWIP
JE VOUS EN PRIE !
OH, NON ! CE N'EST PAS LA FAÇON DE LE DEMANDER QUI ME POSE UN PROBLÈME...
WIP
WIP
MAIS JE NE VOIS PAS QUEL SERVICE VOUS DEMANDER...
ÇA NE SERAIT TARDER, JE VOUS L'ASSURE.
GLOUPS
TU ES VRAIMENT ENTÊTÉ...!
HÉ HÉ

LE SEPT JUILLET À TROIS HEURES DU MATIN.
DONC DANS TRÈS EXACTEMENT DIX HEURES...
LES OUTERS VONT ATTAQUER LA BRANCHE EULÉLIE DE LA TOUR DES MAGES.
COMMENT ?!
ILS ONT POUR OBJECTIF DE DÉROBER LA PIERRE D'ÂME DE NIVEAU 2 PRÉCIEUSE-MENT GARDÉE DANS LA BRANCHE EULÉLIE...
LA LARME DE REGUERNEL.
ATTENDEZ !!
COMMENT ÊTES-VOUS AU COURANT DE...?

L'IMPORTANT, C'EST QUE NOUS SAVONS COMMENT LES ARRÊTER.
MAIS C'EST IMPOSSIBLE...
ALORS...
ENVOYEZ UNE REQUÊTE À LA TOUR DES MAGES POUR NOUS FAIRE RECRUTER.
TCH
AC

VILLE-ÉTAT D'ALTHÉIA, DIX HEURES PLUS TARD
SIÈGE DE LA TOUR DES MAGES

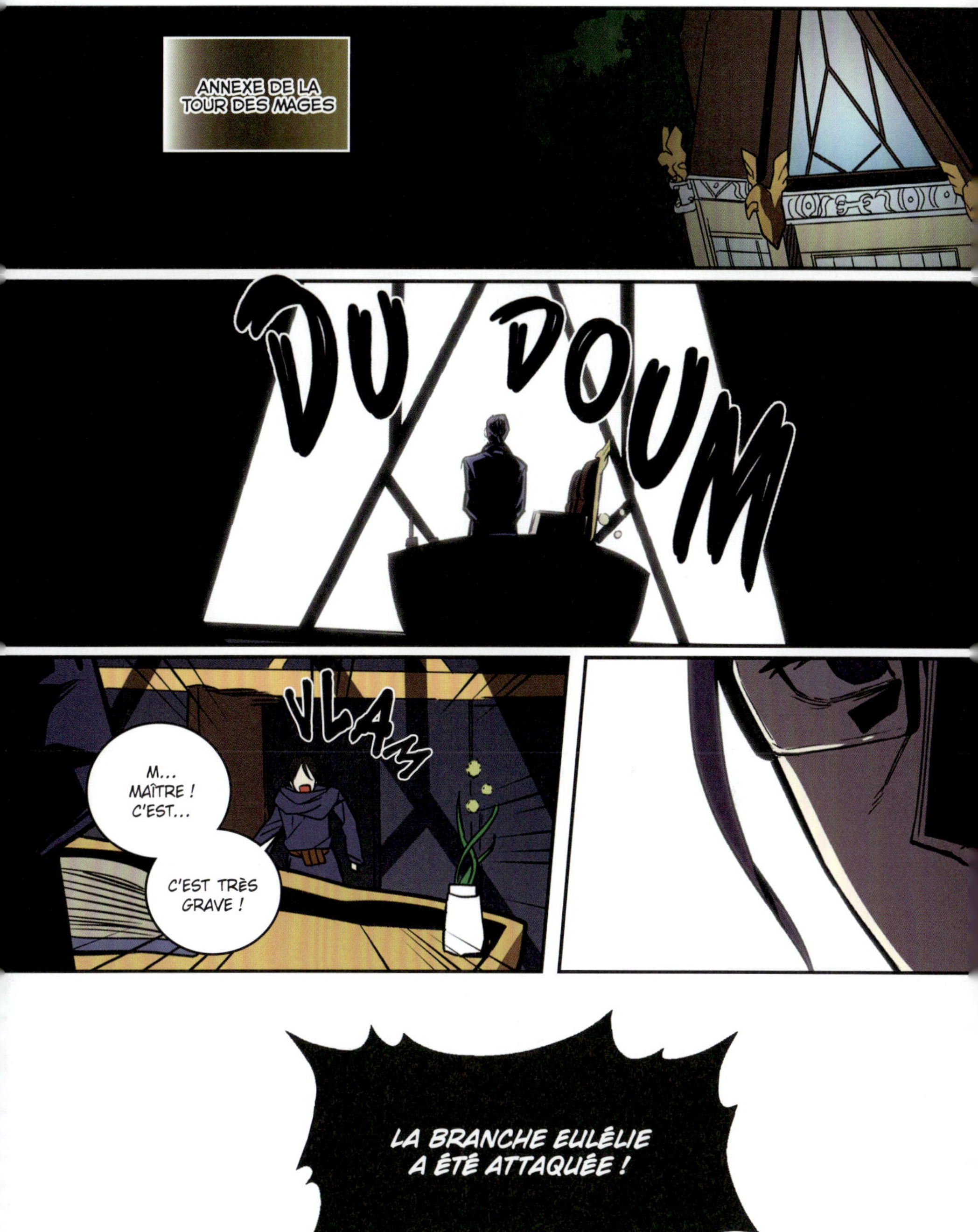
ANNEXE DE LA TOUR DES MAGES
DU DOUM
VLAM
M... MAÎTRE ! C'EST...
C'EST TRÈS GRAVE !
LA BRANCHE EULÉLIE A ÉTÉ ATTAQUÉE !

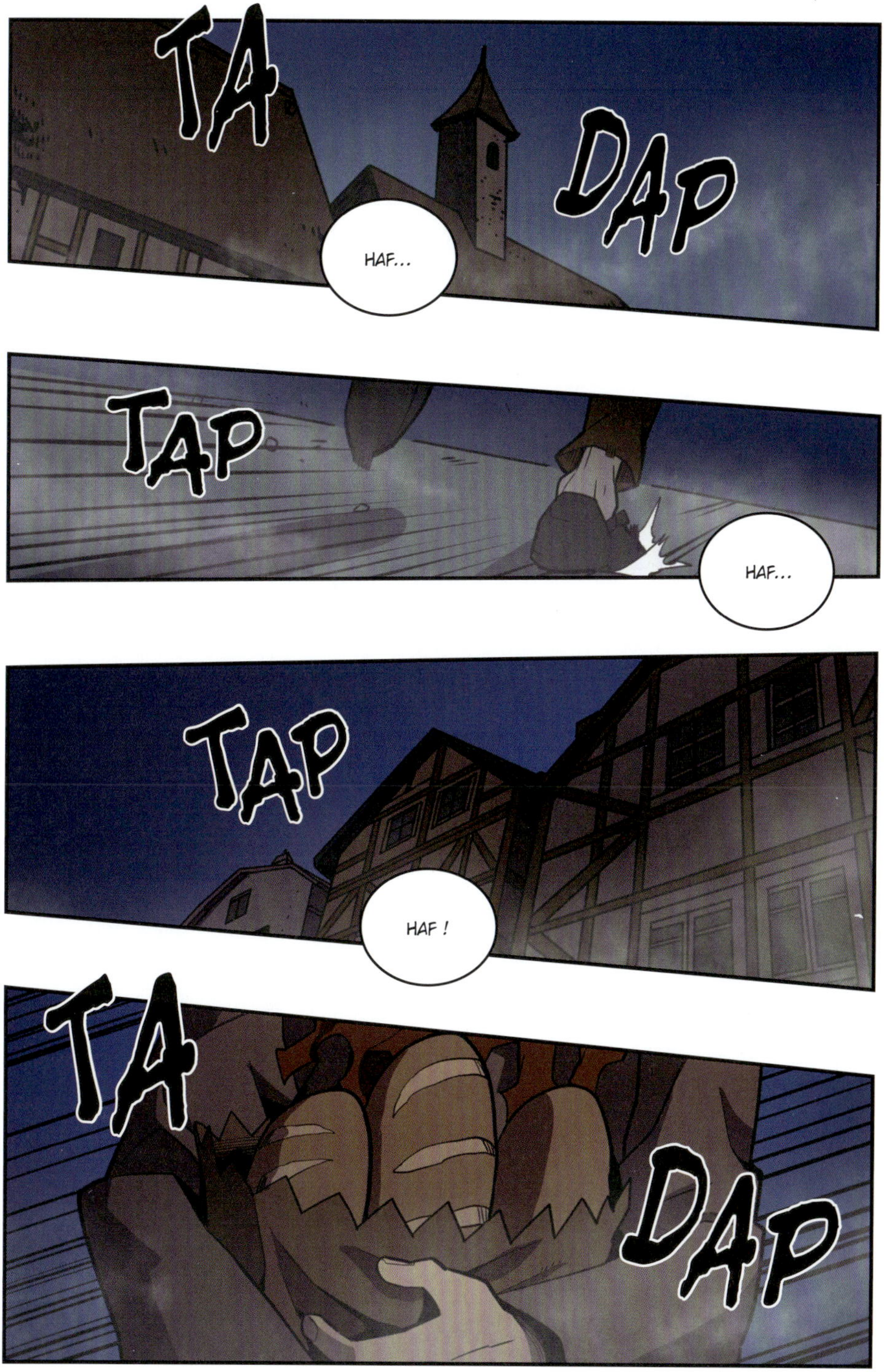
TA
DAP
HAF...
TAP
HAF...
TAP
HAF !
TA
DAP

BOUM
AÏE !
BAM
ZZZ
ARGH...
TSING
OH ! EUH...
JE VOUS PRIE DE ME PARDONNER MONSIEUR !
WOUP
CE N'EST RIEN. TU N'ES PAS BLESSÉ, MON ENFANT ?
FFT
LAISSE-MOI T'AIDER À TE RELEVER.
JE VOUS REMERCIE MONSIEUR !

OÙ VAS-TU AVEC CE SAC DE PAINS DANS LES BRAS ?
JE RAPPORTE UN PEU DE PAINS POUR NOURRIR MON PETIT FRÈRE.
IL EST ALITÉ ET NE PEUT PAS QUITTER LA MAISON...
OH, JE VOIS...
C'EST BIEN MALHEUREUX.
NIARK
CE N'EST PAS PRUDENT DE TRAÎNER DANS LES RUES AUSSI TARD LE SOIR. TON FRÈRE VA S'INQUIÉTER.
GLOUPS
GLOUPS
OUI, MONSIEUR...
FRSH
HÉ
AH, J'OUBLIAIS.
HÉ
JE TE RENDS TON PAIN.
TAC
AH, OUI !
MERCI MONS...

PLOF
MON... MONSIEUR ?!
PAF
PAF
PAF
SCRASH

SCRASH
NON... ARRÊTEZ !!
SCRASH
SCRASH
BEUH
COMME C'EST FÂCHEUX...
TU VOIS, C'EST CE QUI ARRIVE QUAND ON TRAÎNE TARD DEHORS.
TAP
TAP
BOUHOU... MON PAIN...

TOUR DES MAGES, BRANCHE EULÉLIE
TCHAC
WOUSH
FWIT

TOUT LE MONDE, RASSEMBLEMENT !
BRAOUM

OUVREZ LE FEU !
TA TA TA TA TA

PIOUUU
BZZZ
KZIING
EH BIEN... LA TOUR DES MAGES EST À LA HAUTEUR DE SA RÉPUTATION.
PIOU
LEUR MAGIE DÉFENSIVE EST REMARQUABLE.
PIOU

LES MASSUES, EN AVANT !
FFT
ILS UTILISENT UNE MAGIE DÉFENSIVE BASÉE SUR LES FORMULES DE LA MÉTHODE D'ENCHAN-TEMENT...
C'EST IMPRESSIONNANT, MAIS CETTE TECHNIQUE POSSÈDE UN TALON D'ACHILLE...
ELLE NE PEUT PAS CONTRER DEUX ATTAQUES EN MÊME TEMPS.

BOUM
KZIIIING
BANG
BANG
BANG

BOUM
BRAOUM
PIOU
DES INTRUS !
REPOUSSEZ-LES !!
PIOU
QUEL BOUCAN...
PIOU

MAIS QUELQUE CHOSE CLOCHE...
LEUR RIPOSTE EST BIEN TROP RAPIDE.
ET ILS SONT DÉJÀ TOUS ARMÉS.
TA DA DA DAP
BAH... ÇA NE CHANGERA RIEN.
ALLONS-Y.
WIP
TCH AC
INVISIBLE !
WOUSH

BOUM
YAAAAA
CLANG
ILS SONT VRAIMENT LÀ !
TADADAP
DESCENDEZ TOUS AU SOUS-SOL !
IMBÉCILES.
BZING
ILS LAISSENT L'INTÉRIEUR SANS AUCUNE DÉFENSE.

ILS SONT VRAIMENT LÀ !
"ILS SONT VRAIMENT LÀ"...?
KZIIIING

WOUSH
EARTH RAGE !
KZIIING
OUI, LA VOILÀ...!

KZZZ
LA PIERRE D'ÂME DE NIVEAU 2... LA LARME DE REGUERNEL.
KZZZ
F
FT
ENFIN, ELLE EST À MOI...
VOUS ÊTES CERNÉS.
ST OP

RENDEZ-VOUS, OUTERS.
TCH
AC

VOUS ÊTES TOUS EN ÉTAT D'ARRESTATION.
JE VOUS CONSEILLE DE VOUS RENDRE SANS PRO-TESTER.
WOUSH
C'EST JUSTE UN MIOCHE !
QU'EST-CE QUE TU RACONTES ?
DOOM
ALORS VOUS ÉTIEZ AU COURANT DE NOTRE PLAN...
ET MÊME DE NOTRE BUT ?
SALES MICROBES...!
GRRRR

!!
TSING
ILS ONT SOIF DE SANG... SURTOUT CELUI AU MASQUE EFFRAYANT...
C'EST DONC ÇA, DES OUTERS ?
TUEZ-LE.
FFFT
BIEN, MONSIEUR.
WAVE OF FLAME !
FROUSH
!!

FROU
SH
ILS SONT QUATRE MAGICIENS ET DEUX ÉPÉISTES AU TOTAL.
LES MAGICIENS SONT DU NIVEAU DE MADEMOISELLE ROMANTICA.
QUANT AUX ÉPÉISTES, ILS ONT L'AIR DE PIONS...
CE N'EST PAS CONTRE TOI, PETIT.
BZZ

FIRE BALL !
ICE SPEAR !
FROUSH
KEUH !
SWOUSH

Q-QUOI ?!
IL A FENDU NOTRE MAGIE EN DEUX ?!
WOUSH
FAITES GAFFE ! SON ÉPÉE REPOUSSE LA MAGIE !
TOUS LES MAGICIENS, À L'ARRIÈRE !
VOUUUH
C'EST INUTILE !

IL... IL EST RAPIDE !
TCH
CLAC
ARGH !
WOUSH
VOUH
ENTANGLE !

SL
ACK
HEIN ?!

COMMENT EST-CE POSSIBLE ?
JE N'AI JAMAIS VU DE MAGICIEN CAPABLE DE...
KZ
ZZ
!!
DOOM FIST !
VL
AM

VOUH
CRIII
ARGH !
NIARK
PHYSIQUEMENT, TU ES TRÈS IMPRESSIONNANT…
MAIS TU MANQUES ENCORE CRUELLEMENT D'EXPÉRIENCE, GAMIN !

BIND !
ET VOUS, VOUS ÊTES AUSSI LENT QU'UN ESCARGOT !
HA HA...
KZ
ZZ
MAIS QUE...
DOOOM
DOOOM
DES MURS ?!

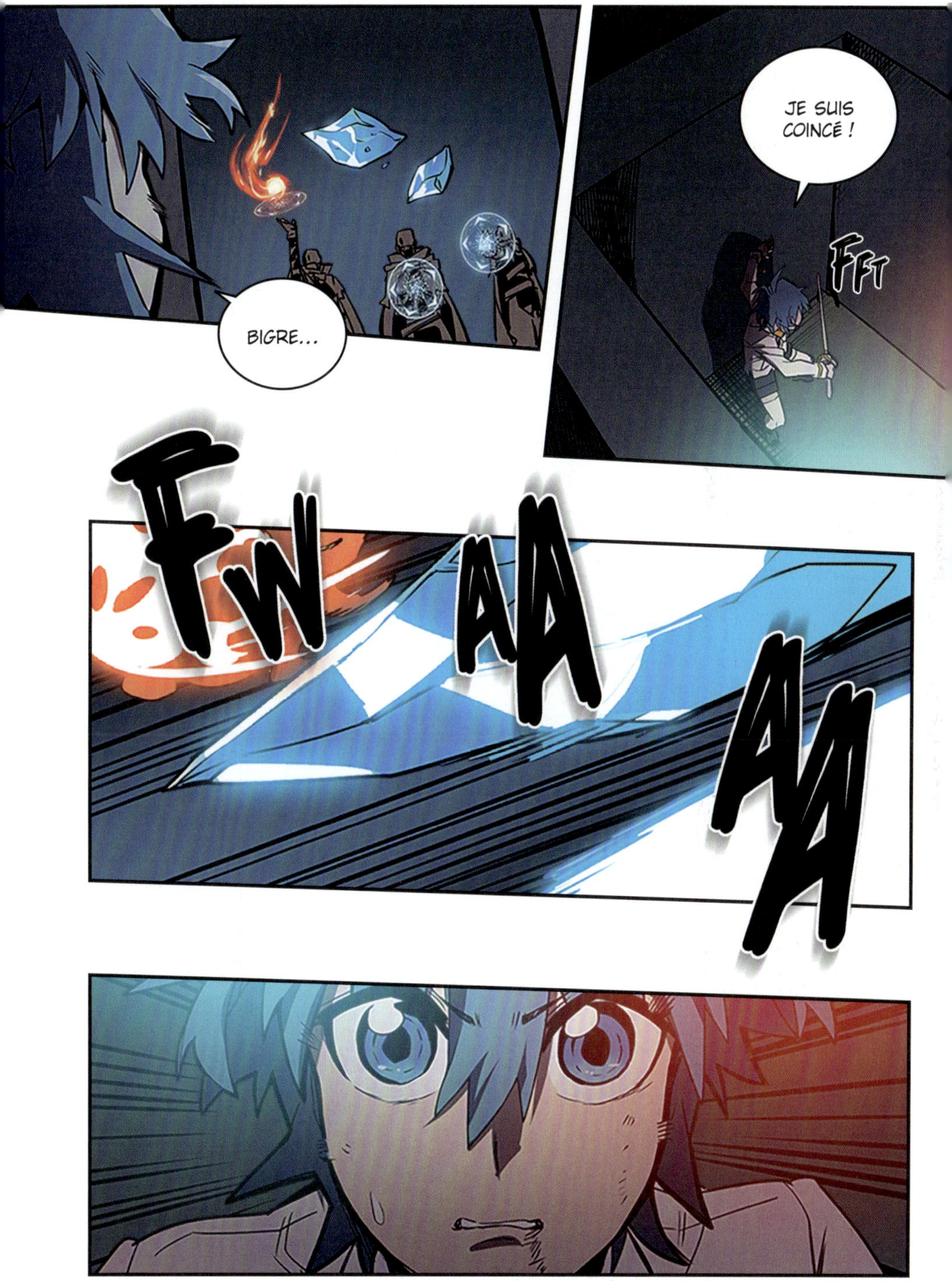
BIGRE...
JE SUIS COINCÉ !
FFT
FWAAAAA

BANG
CRAC
BANG
D'OÙ VIENT CETTE ATTAQUE ?!
UN SNIPER !
IL Y EN A UN AUTRE !!
WOUSH
BIIING
ARGH !
BANG
ARGH !

CHEF, FAITES ATTENTION !
TSHHH
MAIS QUE DIABLE SE PASSE-T-IL ICI ?!
TSING
AAARGH...
PFUIT

LE TIR N'EST PAS ASSEZ PUISSANT POUR PERCER L'ARMURE... JE DIRAIS QU'IL S'AGIT D'UNE MAGIE DE NIVEAU 2.
MAIS VU LA FRÉQUENCE DES ATTAQUES, ILS DOIVENT ÊTRE PLUSIEURS.
DANS CE CAS...
TOUT LE MONDE, COUVREZ-MOI !
BZZ
IIIING

CRAC
LES MURS S'EFFONDRENT...
JE NE ME LAISSERAI PAS CAPTURER COMME ÇA.
PAS APRÈS AVOIR ATTEINT MON BUT.
BZING
VOUH
VOUS N'ALLEZ PAS VOUS EN SORTIR AUSSI FACILEMENT !
TCHAC
CLANG
CHEF ! UTILISEZ VOTRE MAGIE...
KZING
NOUS N'ALLONS PAS TENIR TRÈS LONGTEMPS !
YA !
TA DA DAP
!!
GNN !
CLANG

KZING
CHEF !!

DOOOM
OUI ! NOTRE CHEF AVAIT FORCÉMENT PLUS D'UN TOUR DANS SON SAC !
NON...
IL...
GLOUPS
?!
TA
DAP
BOING
CHEF ! QU'EST-CE QUE...?
SLOP
CHEF ! JE SUIS EN TRAIN D'ÊTRE EMPORTÉ MOI AUSSI !
SLOP
CRAC
ARRÊTEZ !!
CRONCH
CRAC
CHEF !!

PFUIIIT
DOOOOOM
BON VENT !
SWOUSH

DOOM
LE SOL S'EFFONDRE !
AH !
TCHAC
PFIOU... C'EST IMPITOYABLE COMME SORT.
CRIIII
ALORS...
MON RÔLE S'ARRÊTE ICI.
N'EST-CE PAS, MONSIEUR DÉSIR ?

PLOP
PLOP
SPLASH
FWAAAAAA
JE N'Y COMPRENDS RIEN.
FFT
MÊME UNE ORGANISATION AUSSI BIEN INFORMÉE QUE LA TOUR DES MAGES...
N'AURAIT JAMAIS PU ANTICIPER MON PLAN.
MAIS PEU IMPORTE. J'AI ATTEINT MON BUT, C'EST TOUT CE QUI COMPTE.
BZIIING
ÇA, JE CROIS QUE C'EST UN PEU TROP TÔT POUR LE DIRE.
FWIP
QUI VA LÀ ?!

TOI...
JE VIENS DEMANDER...
RÉPARATION POUR MON PAIN.
MONSIEUR.

COMMENT M'AS-TU RETROUVÉ ?!
FFT
DEPUIS LE DÉBUT, JE SUIS VOS DÉPLACEMENTS EN TEMPS RÉEL.
PUISQUE JE VOUS AI MARQUÉ DE MON MANA.
ALORS, TOUT À L'HEURE…
JE VOIS. C'EST TOI QUI ÉTAIS DERRIÈRE TOUT ÇA.
ÇA EXPLIQUE LA RÉACTION ÉTRANGEMENT RAPIDE DE LA TOUR…
L'INTERVENTION DU MIOCHE… LES TIRS…
COMMENT OSES-TU ?

WOU
TU VAS REGRETTER DE T'ÊTRE MIS EN TRAVERS DE LA ROUTE DE KRAIKEN !
SH
KZ
ZZ
?!

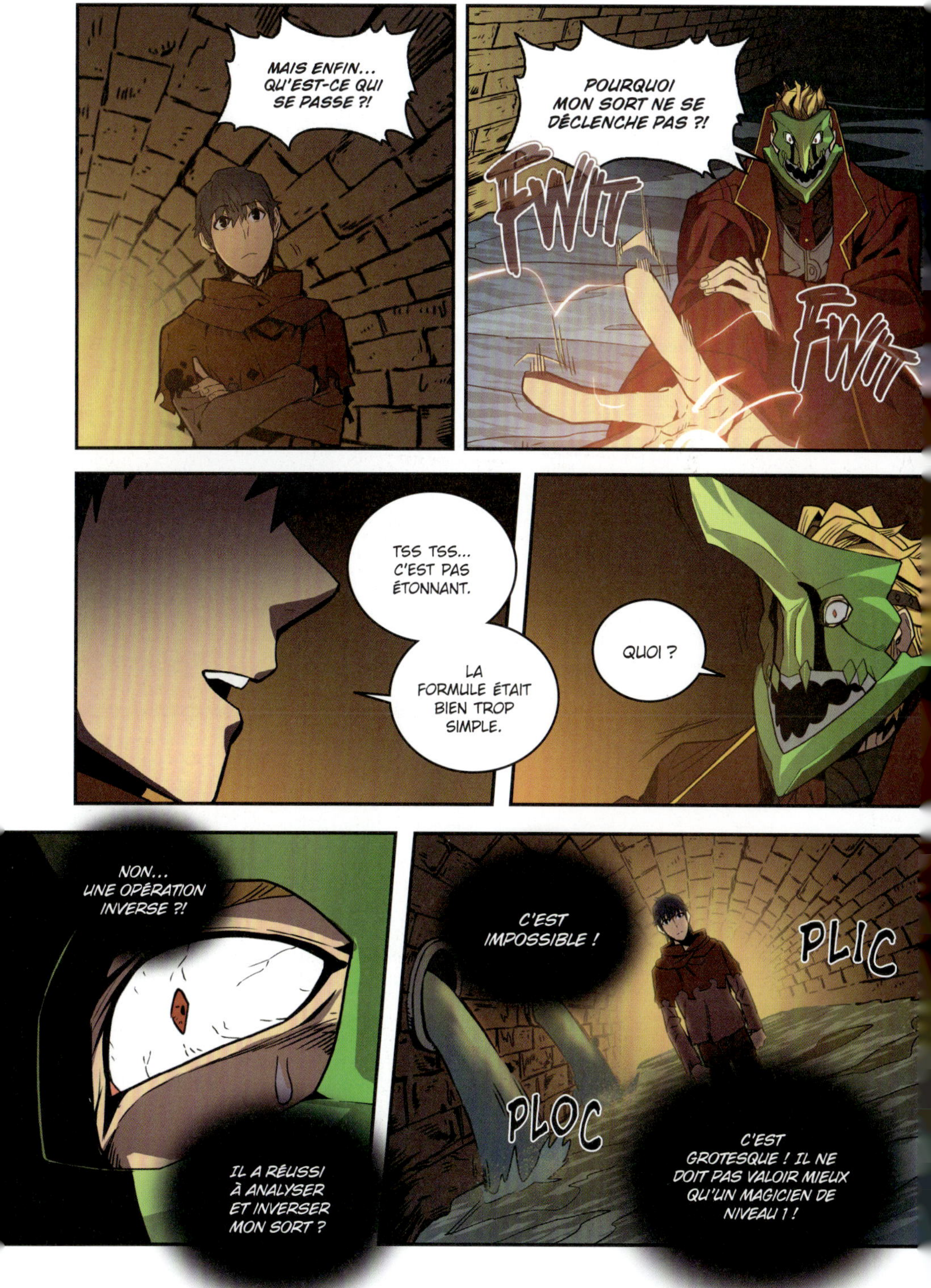
MAIS ENFIN... QU'EST-CE QUI SE PASSE ?!
POURQUOI MON SORT NE SE DÉCLENCHE PAS ?!
FWIT
FWIT
TSS TSS... C'EST PAS ÉTONNANT.
LA FORMULE ÉTAIT BIEN TROP SIMPLE.
QUOI ?
NON... UNE OPÉRATION INVERSE ?!
IL A RÉUSSI À ANALYSER ET INVERSER MON SORT ?
C'EST IMPOSSIBLE !
PLIC
PLOC
C'EST GROTESQUE ! IL NE DOIT PAS VALOIR MIEUX QU'UN MAGICIEN DE NIVEAU 1 !

MAIS C'EST QUOI, CE TYPE ?!
VOUS AVEZ ENCORE UNE DETTE À RÉGLER.
VOUS N'AVEZ QUAND MÊME PAS OUBLIÉ LE PAIN QUE VOUS AVEZ RÉDUIT EN MIETTES ?
PLIC
PLOC
FFT
GNN... JE N'AI PAS D'AUTRE CHOIX.
NE BOUGE PLUS !
C'EST ÇA QUE TU ES VENU RÉCUPÉRER, PAS VRAI ?
UN PAS DE PLUS ET JE DÉTRUIS LA PIERRE...
EN MILLE MORCEAUX !!

SI TU VEUX LA RÉCUPÉRER SANS UNE ÉGRATIGNURE, TU N'AS PAS INTÉRÊT À T'APPROCHER !
RAH...
ALLEZ-Y.
HEIN ?
GRRR
ALLEZ-Y, DÉTRUISEZ-LA.
PLIC
QUELQU'UN COMME VOUS N'EST PAS CAPABLE DE DÉTRUIRE UNE PIERRE D'ÂME.
PLOC
RESTE OÙ TU ES !
APRÈS TOUT CE QUE VOUS AVEZ ENDURÉ POUR L'OBTENIR...
QUE VOUS RESTE-T-IL SI VOUS LA PERDEZ ?
JE T'AI DIT DE RESTER À TA PLACE !!
PLAF

DO
OM
?!
TSING
IL SE MOQUE DE MOI...
GWAK
JE VAIS LUI MONTRER À QUI IL A AFFAIRE...
IL VA REGRETTER DE M'AVOIR PRIS DE HAUT.
NIARK

JE VAIS
TE METTRE
K.O. !
WOUSH
FWIT

BRAOUM
GRAVITY CONTROL.
BRAOUM
KEUH !
VLAM
QU'EST-CE QUE...?
VLAM
COMMENT EST-CE POSSIBLE ?! JE N'AI JAMAIS VU UNE TELLE RAPIDITÉ D'ANALYSE !!
MAIS SURTOUT...
COMMENT UN MAGICIEN DE NIVEAU 1...
EST-IL CAPABLE DE LANCER UN SORT DE NIVEAU 4 COMME GRAVITY CONTROL ?

SPL
FWIP
ASH
AAARGH !
ET MAINTENANT...
JE REPRENDS CECI.
EURGH...
FWIP
FWIP
FWIP
SALE MORVEUX !
?!

BZING
BZIIING
LA PIERRE D'ÂME RÉAGIT À SON CONTACT ALORS QU'ELLE N'EST PAS SOUS ENCHAN-TEMENT ?!
COMMENT FAIS-TU POUR UTILISER LE MANA DE LA PIERRE ?!
WOUSH
C'EST UNE TECHNOLOGIE INCROYABLE, N'EST-CE PAS ?
J'ÉTAIS AUSSI IMPRESSIONNÉ QUE VOUS LA PREMIÈRE FOIS.
VOUS VOULEZ SAVOIR COMMENT ÇA FONCTIONNE ?
HA HA
JE PEUX VOUS EXPLIQUER LE PRINCIPE, SI ÇA VOUS INTÉ-RESSE.
VOUUUUH
WIP
MAIS D'ABORD...

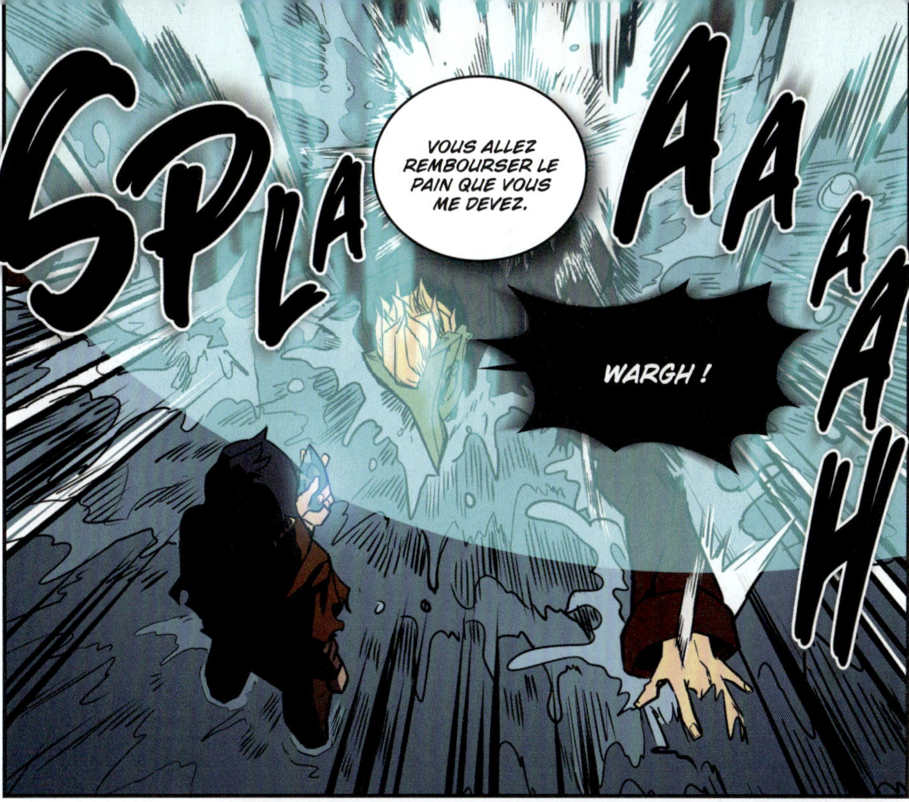
SPLAAAAAH
VOUS ALLEZ REMBOURSER LE PAIN QUE VOUS ME DEVEZ.
WARGH !

SANS VOUS TROIS, LA TOUR DES MAGES AURAIT SUBI DES PERTES INIMAGINABLES !
MERCI MILLE FOIS, DÉSIR ! ET MERCI ÉGALEMENT À TES COMPAGNONS.
PAS DE PROBLÈME.
JE N'OSE IMAGINER CE QU'IL SERAIT ARRIVÉ...
SI LES OUTERS AVAIENT RÉUSSI À METTRE LA MAIN SUR LA PIERRE D'ÂME !
TU PARLES, C'ÉTAIT LA PREMIÈRE À DOUTER DE MONSIEUR DÉSIR...
VOUS AVEZ LES REMERCIEMENTS DE LA TOUR DES MAGES.
FWIP
C'EST UN PLAISIR D'AVOIR PU AIDER.
ET SI NOUS DISCUTIONS DE LA RÉCOMPENSE ?
EUH... BIEN SÛR.
NOUS VOUS REMETTONS LA SOMME DE 120 PIÈCES D'OR !
COMMENT ?!

DÉSIR, C'EST GÉNIAL !
TOI QUI TE PLAIGNAIS DU MANQUE DE BUDGET POUR LE PARTI.
PAF
MOI ? ME PLAINDRE ?
AVEC CET ARGENT, NOUS SERONS À L'ABRI DU BESOIN.
AVOUE QUE TU SAUTES DE JOIE !
AU DÉPART, IL NE DEVAIT ÊTRE QUESTION QUE DE 100 PIÈCES D'OR.
FFT
MAIS J'AI RAJOUTÉ 20 PIÈCES SUPPLÉ-MENTAIRES...
POUR M'EXCUSER D'AVOIR DOUTÉ DE VOUS ET DE M'EXCUSER DE MON ATTITUDE DÉPLORABLE.
ÇA NE VAUT PEUT-ÊTRE PAS UN PARRAINAGE DE LA TOUR MAIS...
C'EST TOUT DE MÊME UNE SOMME GÉNÉREUSE.
CLING
FAITES-MOI LE PLAISIR D'ACCEPTER.
PROFESSEURE PRÉLUDE.
VOUS VOUS SOUVENEZ DE CE QUE JE VOUS AI DIT L'AUTRE JOUR, APRÈS VOTRE COURS ?
NOUS NE COMPTONS PAS DEMANDER LE SOUTIEN DE LA TOUR.
EUH, OUI... POURQUOI ?

DANS CE CAS, JE DOIS REFUSER LA RÉCOMPENSE.
T'ES DINGUE ?!
HI
MONSIEUR DÉSIR ?!
JE NE VEUX PAS D'ARGENT.
J'AIMERAIS PLUTÔT QU'ON M'ACCORDE UNE FAVEUR.
D-DITES TOUJOURS.
GLOUPS
QU'EST-CE QUI PEUT ÊTRE PLUS PRÉCIEUX QUE 120 PIÈCES D'OR ?

JE VOUDRAIS FAIRE UNE PARTIE D'ÉCHECS AVEC ZOD EXARION, LE MAITRE DE LA TOUR DES MAGES.

CHAPITRE 11
ZOD EXARION

VILLE-ÉTAT D'ALTHÉIA, CENTRE D'INGÉNIERIE MAGIQUE
SIÈGE DE LA TOUR DES MAGES

TAP
TAP
TAP
DING
BZ
ZZ

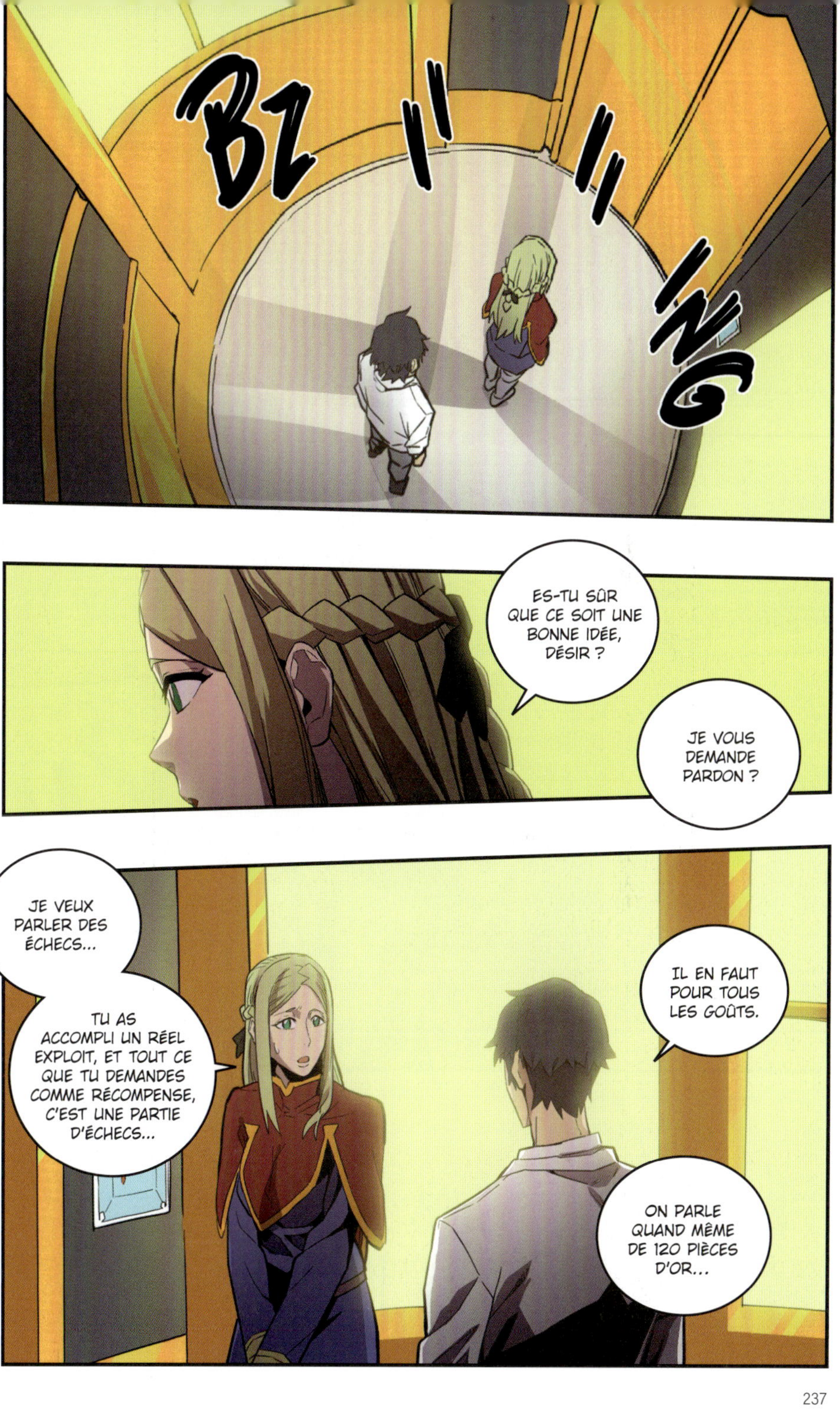
BZIIING
ES-TU SÛR QUE CE SOIT UNE BONNE IDÉE, DÉSIR ?
JE VOUS DEMANDE PARDON ?
JE VEUX PARLER DES ÉCHECS...
TU AS ACCOMPLI UN RÉEL EXPLOIT, ET TOUT CE QUE TU DEMANDES COMME RÉCOMPENSE, C'EST UNE PARTIE D'ÉCHECS...
IL EN FAUT POUR TOUS LES GOÛTS.
ON PARLE QUAND MÊME DE 120 PIÈCES D'OR...

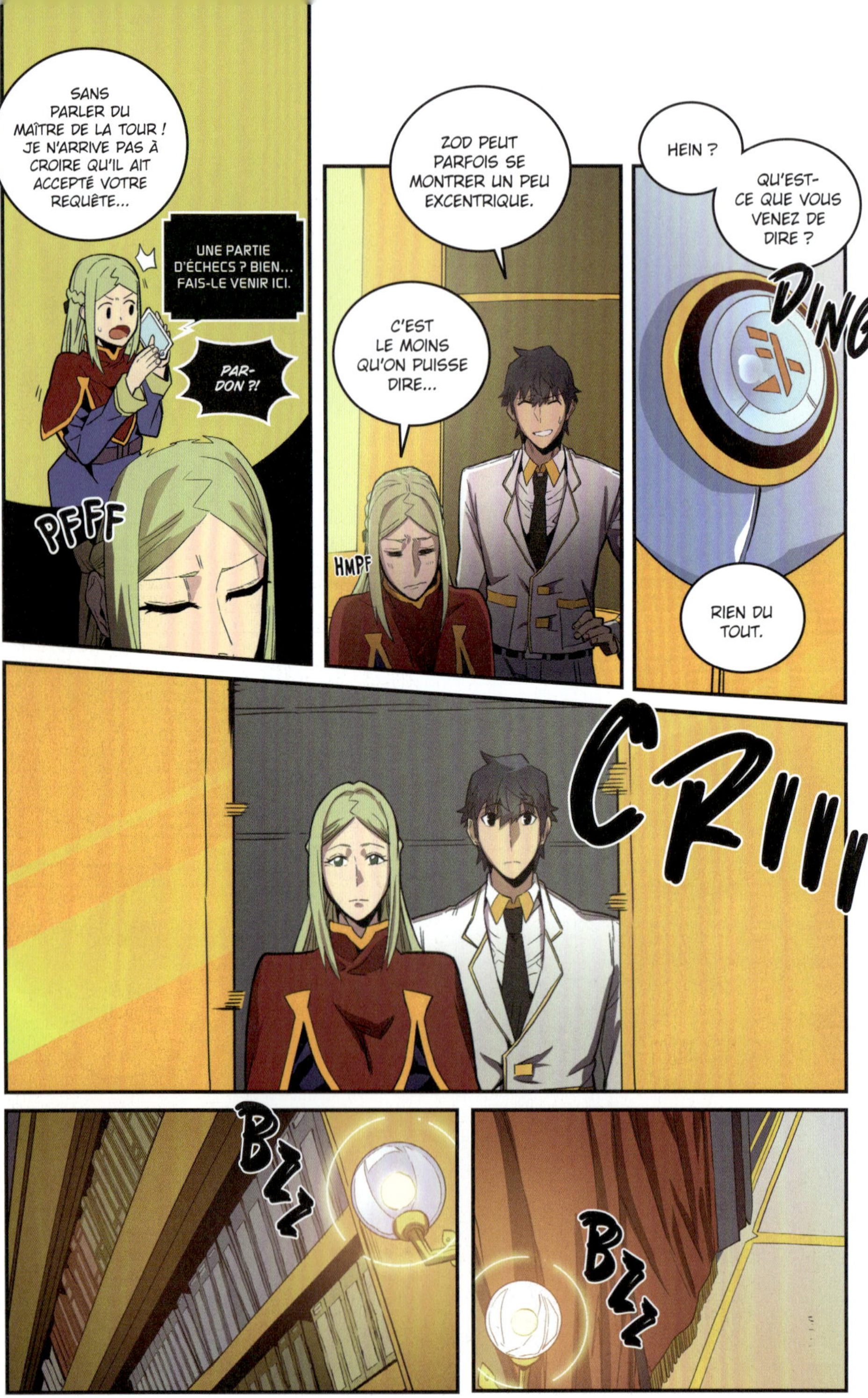
SANS PARLER DU MAÎTRE DE LA TOUR ! JE N'ARRIVE PAS À CROIRE QU'IL AIT ACCEPTÉ VOTRE REQUÊTE...
UNE PARTIE D'ÉCHECS ? BIEN... FAIS-LE VENIR ICI.
PAR-DON ?!
PFFF
ZOD PEUT PARFOIS SE MONTRER UN PEU EXCENTRIQUE.
C'EST LE MOINS QU'ON PUISSE DIRE...
HMPF
HEIN ?
QU'EST-CE QUE VOUS VENEZ DE DIRE ?
DING
RIEN DU TOUT.
CRIII
BZZ
BZZ

MAÎTRE DE LA TOUR, C'EST LE PROFESSEUR PRÉLUDE.
HUM ?
JE VOUS AMÈNE L'ÉLÈVE DONT JE VOUS AI PARLÉ.
MERCI, PRÉLUDE. TU PEUX DISPOSER.
CLAC
ZOD EXARION, LE MAÎTRE DE LA TOUR DES MAGES...
IL FRISE LES 90 ANS, ET POURTANT, IL A L'AIR D'UN QUINQUAGÉNAIRE.
C'EST LE MAGICIEN LE PLUS PUISSANT QUE L'HUMANITÉ AIT CONNU. IL N'Y A JAMAIS EU UN MAGICIEN TEL QUE LUI ET IL N'Y EN AURA PLUS JAMAIS NON PLUS...
C'EST LUI QUI A CONDUIT NOTRE CIVILISATION À L'ÈRE DE LA HAUTE MAGIE.
GWAK
LA LISTE DE SES EXPLOITS EST SANS FIN...

MAIS POUR MOI, IL ÉTAIT SIMPLEMENT...
UN DE MES MEILLEURS AMIS.

ASSIEDS-TOI.
JE REGRETTE DE NE POUVOIR TE PROPOSER UNE PETITE TASSE DE THÉ.
C'EST TELLEMENT PLUS AGRÉABLE POUR JOUER...
MAIS J'AI UN CONSEIL DANS TRÈS EXACTEMENT 27 MINUTES.
PARDONNE MON IMPOLITESSE.
FWIP
PAS DU TOUT, JE VOUS SUIS DÉJÀ RECONNAISSANT D'AVOIR ACCEPTÉ MA DEMANDE.
MERCI DE TA COMPRÉHENSION.
ET MAINTENANT... SI ON COMMENÇAIT LA PARTIE ?
WIP

QUELLES RÈGLES SOUHAITES-TU APPLIQUER ?
CELLES DE L'EMPIRE ? OU BIEN CELLES DE LA LIGUE DES ROYAUMES DE L'OUEST ?
FFT
J'AIMERAIS JOUER DANS LE STYLE DE LA MER DU NORD, SI VOUS LE VOULEZ BIEN.
TSING
TU N'AS POURTANT PAS L'AIR ORIGINAIRE DE CETTE RÉGION...
EN EFFET, MAIS UN VIEIL AMI À MOI VENAIT DE LÀ-BAS.
HA HA
C'EST LUI QUI M'A FORMÉ À CE STYLE D'ÉCHECS.
À T'ENTENDRE, ON CROIRAIT QU'IL T'Y A PRESQUE FORCÉ.
LE STYLE DE LA MER DU NORD EST L'UN DES PLUS COMPLIQUÉS À APPRENDRE, TU AS DÛ EN BAVER.
HA HA
HA HA, JE NE VOUS LE FAIS PAS DIRE.

BIEN ! DANS CE CAS, VA POUR LE STYLE DE LA MER DU NORD.
LES ÉCHECS DE LA MER DU NORD.
L'ÉCHIQUIER EST PLUS LARGE DE CINQ CASES, C'EST POURQUOI ON UTILISE PLUS DE PIÈCES.
CE STYLE SE CARACTÉRISE PAR LA MISE EN ŒUVRE DE DIVERSES STRATÉGIES, COMME DANS UNE VRAIE GUERRE.
DEUX NAVIRES DE GUERRE REMPLACENT LES REINES.
SI UN PION NE BOUGE PAS PENDANT UN TOUR, IL CRÉE UNE GALERIE DE COMMUNICATION.
LES PIÈCES SITUÉES SUR CETTE VOIE PEUVENT SE DÉPLACER DEUX FOIS PAR TOUR.
ENFIN, CHAQUE JOUEUR POSSÈDE QUATRE FOUS ET QUATRE CHEVALIERS.

TIC
QUE LE MEILLEUR GAGNE.
TIC TAC
BONNE PARTIE.
TAC
TAC
TAC
TAC
TAC

TAC
TAC
CLAC
EH BIEN... IL EST PLUTÔT FORT.
TAC
MAIS...
CLAC
TAC
TAC

SON IMPATIENCE LE PERDRA.

PFIOU
ET SI NOUS FAISIONS UN PARI ?
UN PARI ?
C'EST DONC ÇA QUE TU AVAIS DERRIÈRE LA TÊTE. C'EST D'ACCORD.
CRII
QUEL GENRE DE PARI AS-TU À L'ESPRIT ?
LE PERDANT DEVRA ACCORDER UNE FAVEUR AU GAGNANT.
UNE FAVEUR...
SI CELA CONCERNE LE SOUTIEN DE LA TOUR, JE SERAI OBLIGÉ DE REFUSER.
LES RÈGLES SONT LES RÈGLES. IL NE PEUT Y AVOIR D'EXCEPTION.
SOYEZ RASSURÉ, CE N'EST PAS CE QUI M'INTÉRESSE.

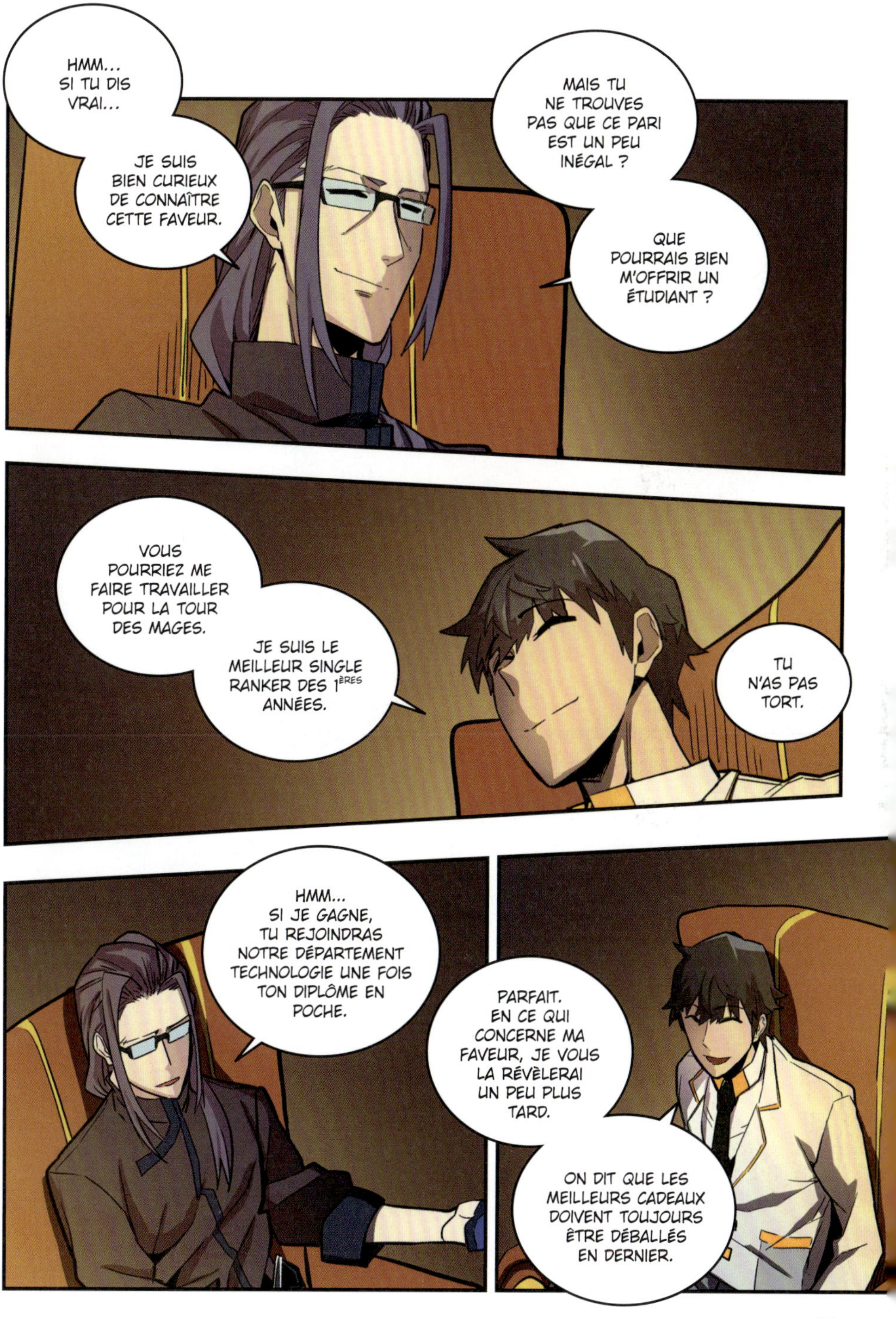
HMM... SI TU DIS VRAI...
JE SUIS BIEN CURIEUX DE CONNAÎTRE CETTE FAVEUR.
MAIS TU NE TROUVES PAS QUE CE PARI EST UN PEU INÉGAL ?
QUE POURRAIS BIEN M'OFFRIR UN ÉTUDIANT ?
VOUS POURRIEZ ME FAIRE TRAVAILLER POUR LA TOUR DES MAGES.
JE SUIS LE MEILLEUR SINGLE RANKER DES 1ÈRES ANNÉES.
TU N'AS PAS TORT.
HMM... SI JE GAGNE, TU REJOINDRAS NOTRE DÉPARTEMENT TECHNOLOGIE UNE FOIS TON DIPLÔME EN POCHE.
PARFAIT. EN CE QUI CONCERNE MA FAVEUR, JE VOUS LA RÉVÈLERAI UN PEU PLUS TARD.
ON DIT QUE LES MEILLEURS CADEAUX DOIVENT TOUJOURS ÊTRE DÉBALLÉS EN DERNIER.

CETTE EXPRESSION ME PLAÎT.
MAIS CELA DÉPENDRA DE TA VICTOIRE...
DANS CE CAS...
HM ?
JE DONNERAI LE MEILLEUR DE MOI-MÊME...

AFIN DE POUVOIR VOUS FAIRE CE CADEAU.

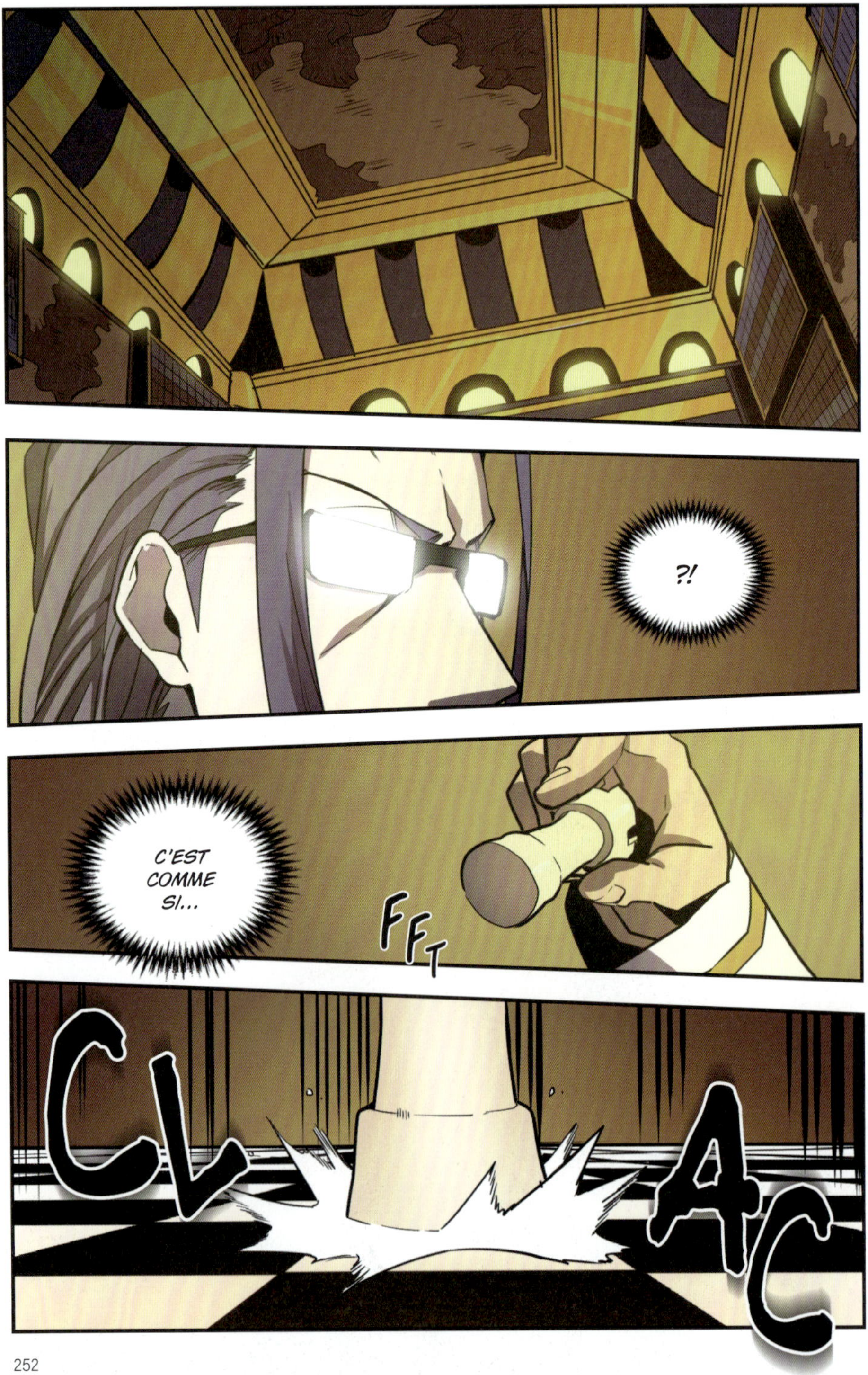
?!
C'EST COMME SI...
FFT
CLAC

IL ÉTAIT DEVENU UNE AUTRE PERSONNE !
C'EST À VOTRE TOUR.
TAC
TU AS TOUJOURS EU LA FÂCHEUSE HABITUDE DE TRIPOTER TES LUNETTES QUAND TU RÉFLÉCHIS.
TU DOIS ÊTRE TROUBLÉ.
J'AI PASSÉ 6 ANS À JOUER CONTRE TOI.
HA HA
TOUTES LES PARTIES D'ÉCHECS JOUÉES CONTRE TOI DANS CET ENFER...
ÉTAIENT TOUJOURS...

DÉSIR, ENCORE UNE PARTIE ?
SOIS INDULGENT AVEC LUI, ZOD !
MADEMOISELLE PRISCILLA, CE SERAIT INSULTANT POUR DÉSIR...
OUVRONS LES PARIS SUR QUI GAGNERA LA PARTIE !

JE PARIE
SUR ZOD !
MOI AUSSI !
UN GRAND
PLAISIR.

C'EST COMME SI
TU ÉTAIS DEVENU
UNE TOUT AUTRE
PERSONNE.
HA HA HA
VOUS
TROUVEZ ?
J'AI POURTANT
TOUJOURS ÉTÉ
MOI-MÊME...
HA
HA
OUI,
C'EST VRAI.
DEPUIS LE
DÉBUT, TU AS
TOUJOURS
ÉTÉ...

TOI-MÊME.
TAC
ÉCHEC ET MAT.

EH BAH...
CRII
C'ÉTAIENT LES 25 MINUTES LES PLUS LONGUES DE MA VIE.
J'AI PERDU.

TU M'AS DONNÉ UNE BONNE LEÇON, DÉSIR.

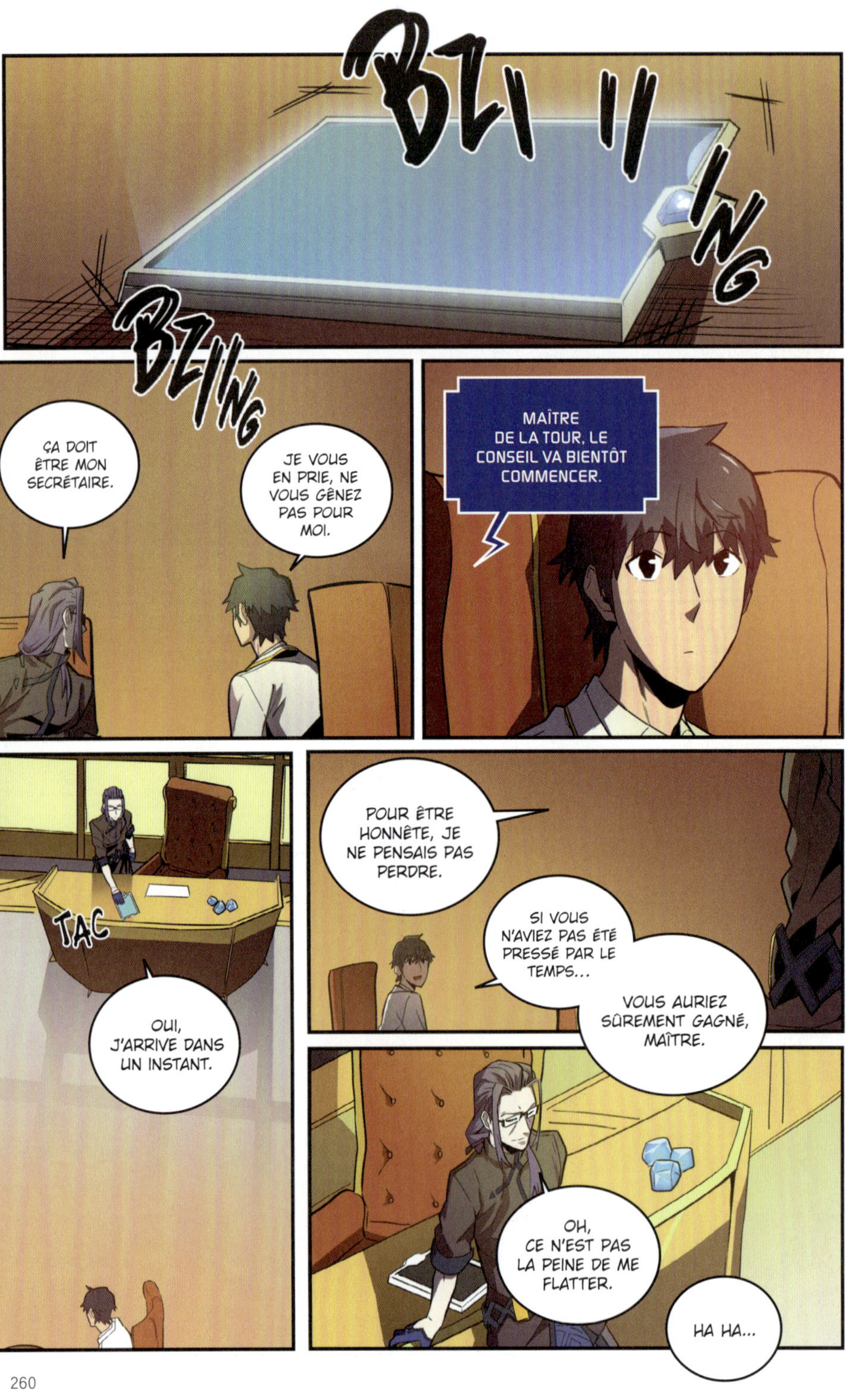
BZIIIING
BZING
ÇA DOIT ÊTRE MON SECRÉTAIRE.
JE VOUS EN PRIE, NE VOUS GÊNEZ PAS POUR MOI.
MAÎTRE DE LA TOUR, LE CONSEIL VA BIENTÔT COMMENCER.
TAC
OUI, J'ARRIVE DANS UN INSTANT.
POUR ÊTRE HONNÊTE, JE NE PENSAIS PAS PERDRE.
SI VOUS N'AVIEZ PAS ÉTÉ PRESSÉ PAR LE TEMPS...
VOUS AURIEZ SÛREMENT GAGNÉ, MAÎTRE.
OH, CE N'EST PAS LA PEINE DE ME FLATTER.
HA HA...

BON, EH BIEN...
JE T'ÉCOUTE. QUELLE FAVEUR SOUHAITES-TU QUE JE T'ACCORDE ?
J'AIMERAIS PASSER UN MARCHÉ AVEC VOUS.
HMM... QUEL GENRE DE MARCHÉ ?
MON IDÉE EN ÉCHANGE DU SOUTIEN DE LA TOUR.
QU'EN PENSEZ-VOUS ?
HMM
JE REGRETTE, MAIS C'EST IMPOSSIBLE.
VOUS AVEZ PERDU NOTRE PARI, MAÎTRE DE LA TOUR.

MAIS CE QUE TU ME PROPOSES, C'EST UN MARCHÉ.
UN MARCHÉ N'EST VALABLE QUE SI L'ON ÉCHANGE DEUX CHOSES DE LA MÊME VALEUR.
L'IDÉE D'UN ÉTUDIANT CONTRE LE SOUTIEN DE LA PLUS GRANDE ORGANISATION DU CONTINENT ?
ÇA NE TIENT PAS LA ROUTE.
ÇA SIGNIFIE QU'IL SUFFIRAIT QUE MON IDÉE AIT AUTANT DE VALEUR QU'UN SOUTIEN DE LA TOUR POUR QUE VOUS ACCEPTIEZ CE MARCHÉ, N'EST-CE PAS ?
TCH
AC
DANS CE CAS, LAISSEZ-MOI VOUS MONTRER.
...?
TU CHERCHES QUELQUE CHOSE ?
FWIP

!
PUIS-JE VOUS EMPRUNTER UNE PIERRE D'ÂME ?
JE T'EN PRIE.
MERCI.
MAIS NOTE QU'ELLES NE SONT PAS SOUS L'EFFET DE L'ENCHANTEMENT. ELLES N'ONT PAS PLUS D'UTILITÉ QU'UN CAILLOU.
TAC
AU CONTRAIRE, ÇA M'ARRANGE.
TU ES UN GARÇON BIEN ÉTRANGE.
GLOUPS
HA HA, ON ME LE DIT SOUVENT.
UNE PIERRE D'ÂME À L'ÉTAT BRUT EST TOUT BONNEMENT INUTILISABLE.

QUE COMPTE-T-IL BIEN...
BZZZ
...?
BZZ
BZIIING
?!
BZIIIING

VOILÀ QUI EST FAIT.
BZZZ
LA PIERRE D'ÂME A RÉAGI...
...ALORS QU'ELLE N'A PAS SUBI D'ENCHAN-TEMENT ?!

PUIS-JE L'EXAMINER UNE SECONDE ?
JE VOUS EN PRIE.
FFT
ELLE RÉAGIT VRAIMENT !
BON SANG, QUE LUI AS-TU FAIT ?!
FLASH
PLAÎT-IL ? Y A-T-IL UN PROBLÈME, MAÎTRE DE LA TOUR ?
!!

AH, ELLE PEUT AUSSI SERVIR DE TRANSMET-TEUR.
?!
?!
?!
GLOUPS
JE TE RECONTACTERAI PLUS TARD.
BIEN.
TAC
J'AI BESOIN QUE TU M'EXPLIQUES PAR QUELLE DIABLERIE TU T'Y ES PRIS.
ALORS, VOUS ÊTES PRÊT À MARCHANDER AVEC MOI, MAINTE-NANT ?

Rah...
IL FAUDRAIT ÊTRE FOU POUR REFUSER.
Veskin

ALORS, VOUS VOUS ÊTES BIEN OCCUPÉS EN M'ATTENDANT ?
SLURP
SLURP
DÉSIR !
Beurk, arrête de faire le beau !
MONSIEUR DÉSIR !
LA PARTIE D'ÉCHECS S'EST BIEN PASSÉE ?
Prenez cette place !
Ici !
PAF
PAF
OUI, ON PEUT DIRE ÇA… JE VOIS QUE VOUS VOUS ÊTES AMUSÉS DE VOTRE CÔTÉ.
J'AIMERAIS BIEN FAIRE UN PEU DE SHOPPING.
IL Y A MÊME UN PORC D'ATTRACTION ! ÇA A L'AIR AMUSANT !
TU VEUX DIRE UN PARC D'ATTRACTION ?
OUI, C'EST ÇA !
FINISSEZ VOS GLACES ET ON PART FAIRE DU SHOPPING ET QUELQUES MANÈGES.
FWIP FWIP
MAIS NOUS N'AVONS PAS UN SOU EN POCHE…
NE T'EN FAIS PAS POUR ÇA.

LE MAÎTRE DE LA TOUR M'A PRÊTÉ SA CARTE DE CRÉDIT.
TA
DA
COMMENT ?!
SÉRIEUX ?!
PUISQUE NOUS AVONS FAIT LE DÉPLACEMENT JUSQU'ICI, IL VEUT QUE NOUS PROFITIONS UN PEU DE LA VILLE.
IL NOUS A ÉGALEMENT ACCORDÉ LE SOUTIEN DE LA TOUR...
ARF
ALLONS D'ABORD AU PORC... EUH, AU PARC D'ATTRACTION !
JE VAIS ACHETER UN TAS DE VÊTEMENTS ! ET PLEIN DE BELLES CHAUSSURES !
KYAAA
JE VEUX FAIRE DE LA GONDOLE ET DU MONORAIL !
Laissez-moi au moins manger une glace avant...
!
HÉ...?!
GLOUPS
GNOM
GNOM
GNOM
GNOM
LA GLACE, CE SERA POUR PLUS TARD !
TCH
AC
MAIS C'EST INJUSTE !
ON N'A PAS LE TEMPS !
TAP
TAP
VOUS EN MANGEREZ PLUS TARD, MONSIEUR DÉSIR !
PRAM ! MÊME TOI TU T'Y METS ?

BAH...
UNE JOURNÉE DE VACANCES, ÇA N'A JAMAIS FAIT DE MAL À PERSONNE !

JOURS RESTANTS
AVANT L'APPARITION
DU PREMIER MONDE
DES OMBRES...

J-13

A Returner's Magic Should Be Special

À SUIVRE DANS LE TOME 4

MOT DE L'AUTEUR

C'est déjà la sortie du tome 3 ! Merci à tous les gens qui m'ont aidé et soutenu.

Mais je dois surtout beaucoup à vous, lecteurs et lectrices. Je vous souhaite à tous et toutes une excellente lecture !

Wookjakga, février 2023

À VENIR DANS LE PROCHAIN TOME...
DÉSIR ARMAN.
DOOM
ROMANTICA ERU.
DOOM
DOOM
PRAM SCHNEIDER.
DOOM
AJEST KINGSCROWN.
VOUS VENEZ D'ENTRER DANS LE MONDE DES OMBRES.
OUVERTURE DU PREMIER MONDE DES OMBRES !
NE MANQUEZ PAS LA SUITE DANS LE TOME 4 !

LA COLLECTION KBOOKS FANTASY

DIMENSIONAL MERCENARY

KIM JAE-HWAN • GMHO

Vendriez-vous votre âme pour un boulot ?

SÉRIE EN COURS

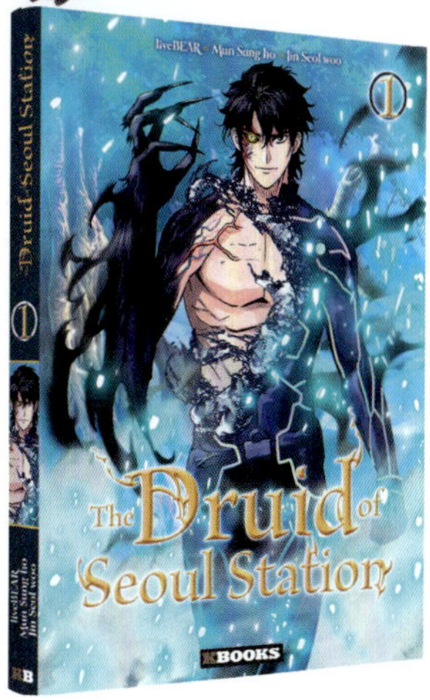

THE DRUID OF SEOUL STATION

LIVEBEAR • MUN SUNG HO • Jin Seol woo

Le nouveau phénomène fantasy level-up !

SÉRIE EN COURS

DUNGEON RESET

ANT STUDIO • DAUL

Erreur du donjon en votre faveur !

SÉRIE EN COURS

FWAAH
JE DOIS TENTER LE TOUT POUR LE TOUT !
VIGUEUR...
PAF
DU SANGLIER À CORNE !

D'ACCORD.
GNAP
STAP

A Returner's Magic Should Be Special

A Returner's Magic Should Be Special T03

Directeur de collection : Pascal LAFINE
Coordinatrice : Lina LIANG
Supervision éditoriale : Léna PANZANI
Assistante éditoriale : Zina DERRAZ
Traduction : Nina LEMAIRE
Maquette & lettrage : Lucie ARCHAMBAULT
Conception graphique : Yohan JULIEN

Ce volume contient les épisodes 32 à 45.
Dépôt légal : février 2025
ISBN : 978-2-38288-251-1

Imprimé et relié en janvier 2025
par Rotolito en Italie.

Groupe Delcourt - KBOOKS -
8 rue Léon Jouhaux 75010 Paris

www.editions-delcourt.fr

KBOOKS